GEORGE'S SECRET KEY TO THE UNIVERSE

勇闖宇宙首部曲

卡斯摩的祕密

露西·霍金 & 史蒂芬·霍金
克里斯多福·蓋勒法

著

蓋瑞·帕爾森 繪／張虹麗 譯

一本來自英國的少年科幻小說
談《勇闖宇宙首部曲》

兒童文學作家
林良

是文學，也是科學

　　這是一本動員了三個人、合力完成的少年科幻小說，由劍橋大學物理學教授史蒂芬・霍金提供創意和構想，霍金教授的女兒、擅長寫小說的露西・霍金撰寫故事，再由霍金教授的學生克里斯多福・蓋勒法負責製作附錄，包括有關太空科學的知識和相關的圖解、照片。因為這個緣故，這本書就兼具了少年科幻小說和少年科學讀物的雙重性質，是文學，也是科學。

各色人物，活靈活現

　　出現在故事裡的重要角色有四個，其中也有一對父女。父親艾瑞克是一位太空科學家，有絕頂聰明的頭腦，為人卻很純真善良。女兒安妮，很活潑可愛，是父親的同伴和助

手，也負責照料確實很需要人照料的父親。

另外一個是他們的鄰居，是一個好奇心很強的小男孩，名叫喬志。他最大的願望是能擁有一部電腦。

第四個是瑞普，他是喬志學校裡的老師，為學生所懼怕。在故事裡，他是個不可愛的人物，地位卻很重要。如果沒有他，故事就不會那麼緊張，讀者也品嘗不到什麼叫「提心弔膽」了。

其實，除了這四個人物以外，還有一個更重要的角色，那就是父親「艾瑞克」發明的一部電腦，名字叫「卡斯摩」。「卡斯摩」是希臘語，意思是「宇宙」。這部電腦能接受主人的指令，帶人去觀看無限廣大的外太空。它的危險性是如果控制不當，進入外太空的主人可能一去不回。

崇尚科學？反科學？——何妨雙軌並行

所有的故事都有一個隱藏的主題。所有的故事，其實就是主題的演示。這個故事的主題是「重申科學的使命」：科學的知識應該用來造福人群，而不是用來為個人謀利。故事裡還接觸到一個論題：地球已經遭受科學的破壞，我們是應該拋棄科學，回歸自然，一步一步地拯救地球、修補地球

呢?還是另闢蹊徑,到外太空去找另一個適合人類居住的行星?答案是何妨雙軌並行。

英國的「科幻」不輸英國的「魔幻」

為這本書寫故事的露西‧霍金,在寫這個故事之前已經有寫過兩本小說的經驗。她以寫小說的經驗來為少年讀者寫少年小說,在情節的安排和敘述的技巧方面,都很成熟而具有吸引力。

英國的兒童文學出版,已有悠久的歷史,水準一向很高。許多兒童文學名著,都有高手繪製插圖。出現在這本書裡的插畫,有一定的水準,值得欣賞。

我們的孩子看過了英國的「魔幻」,不妨再讀讀英國的「科幻」,對於開拓文學眼界來說,是很有幫助的。

以無垠的宇宙為藍本
以細膩的科學精神為依歸

臺北市立天文科學教育館館長
邱國光

小小的電腦按鍵，超級無限的力量

小說是最容易挑起人腦無限想像空間的讀物。《勇闖宇宙首部曲》以無垠的宇宙為藍本，以細膩的科學精神為依歸，構思出一部擁有超級無限力量的「宇宙」電腦──卡斯摩。

卡斯摩的鍵盤中隱藏一個通往宇宙的祕密鑰匙－按鍵，待書中的人物喬志、艾瑞克、安妮等人勇敢按下那神祕之鍵，便可觸動這台會說話的電腦，以它超級無限的力量開啟「宇宙之窗」，觀看宇宙中美豔的星體，吸引好奇者邁出「宇宙之門」，驚天動地地闖入太空中，遨遊在星際間，從一次又一次的驚異之旅中，漸漸揭開宇宙的神祕面紗。

兼具娛樂性與科學性的情節，
深入淺出介紹天文知識

　　《勇闖宇宙首部曲》一書是自愛因斯坦以來最聰明的理論物理學家，也是當今劍橋大學數學與理論物理教授史蒂芬・霍金和女兒露西攜手合著的科學小說，借由擬人化的電腦卡斯摩，深入淺出地解說物理學與天文學知識。

　　故事始於阿嬤送給喬志的粉紅色小豬肥弟，為整部小說的楔子。靈魂人物是科學家艾瑞克和安妮，還有和艾瑞克共同創造卡斯摩的瑞普老師。從瑞普老師為了擁有卡斯摩而心懷不軌，發展出一連串錯綜複雜、爾虞我詐的故事情節。霍金父女以深厚的科學功力，構思出撲朔迷離、具科學性的情節，並以娛樂的方式解釋科學現象，是一部探索物理、天文和太空的科學小說，並非一般的科幻小說喔！

自然幽默的對話，是激發好奇心的關鍵

　　科學是一門大學問，書中的科學家艾瑞克說：「自然科學有很多種，被應用到許多不同的領域。我的工作就是去研究『怎麼做？』和『為什麼？』：宇宙、太陽系、我們的行星、地球上的生物……等是怎麼開始的？開始之前有哪些東

西？這些東西又是從哪裡來的？怎麼運行？為什麼？這就是物理學，讓人興奮、讚嘆、著迷的物理學。」為了進入宇宙的奧妙世界，喬志絞盡腦汁，猜想到底哪個按鍵可以幫他打開宇宙之門？他用手指敲了一下鍵盤上某個按鍵，突然！房間開始變暗……。「歡迎光臨宇宙世界。」卡斯摩宣布。

以上這兩段對話，就足以引起讀者對故事情節的興趣。猜猜看！喬志按了哪個鍵？按下那個祕密鑰匙－按鍵，卡斯摩便畫出宇宙之窗。喬志看到窗外星星的生老病死，瞭解你我都是星星的小孩。後來，卡斯摩畫出宇宙之門，好奇心引發喬志的探險精神，穿上太空衣，闖進太空中，做一次次的太空探險之旅，後來還用機智救回被黑洞吞噬的艾瑞克。

黑洞是什麼？如何落入或逃離黑洞？想知道嗎？看完整本《勇闖宇宙首部曲》，就會恍然大悟，又可吸取科學大師史蒂芬·霍金教授的智慧精華，成為黑洞專家。

兼具知識性與文學性的科學探險小說

本書秉持「數學是科學之母，物理是科學之父」的觀念，讓人類理解並想像自己的過去、現在與未來。不僅編撰出扣人心弦、讓人悸動的內容，為使讀者領略探險故事的場

景,更搭配精心繪製又精采趣味的插畫,並佐以科學常識小單元,呈現與故事有關的物理學與天文知識,諸如質量、彗星……等。此外,以瑰麗的彩色照片呈現太空的真實樣貌,令人讚嘆鬼斧神工的宇宙萬物,滿足探討寰宇真相的欲望。

《勇闖宇宙首部曲》由當代最頂尖的數學、理論物理學家與小說家女兒攜手執筆構思,是一部兼具知識性與文學性,充滿想像力、啟發性與趣味性的科學探險小說,也是一本值得細心品味的優良讀物。

「卡斯摩,開門!」
難得一見的神奇旅程

國立中央大學天文所及太空科學所教授兼副校長
葉永烜

我在行星科學和彗星領域的研究工作,是在研究所開始接觸的。那時候,我對理論物理還是念念難忘。有一天,我在圖書館看到史蒂芬‧霍金有關黑洞的一篇新論文,一時好奇,使用影印機影印,厚厚的一疊,拿出來一看,竟然是空無一字!當時在錯愕之餘,還想著這個理論很邪門,說不定連論文內容都被黑洞吞噬了。所以我特別高興看到霍金在學術的高峰,還專心和他的女兒露西合寫了一套有關宇宙歷奇的科普小說,而且詳細介紹彗星、土星環、木星、火星和小行星等等,實在是最好不過了,心想,說不定我也沒有走錯路。

嬰兒潮父母對於科技的省思,
關係下一代科學教育的成敗

但我們這輩所謂嬰兒潮的科學工作者,不管學術成就多

輝煌（如霍金者），多多少少總想走回頭路，因為過去五、六十年科技突飛猛進的代價，便是環境惡化，資源日益欠缺。如果我們能夠早一點領略到這個可能，應該會多花一點力量，呼籲社會大眾和政府早作預防，採取各項節能與環保措施。但現在地球暖化的問題越來越嚴重，悲觀者會說，再過不到半個世紀，一切便不可收拾。

於是在這個情況下，不少知識份子便採納了反科技的理念。書中主角喬志的爸媽便是如此。他們對環境極之愛護，也因此對一切科技發展都有所恐懼和排斥。但解鈴還需繫鈴人，整個地球環境的監控和逐步調整，都需要極大量的尖端技術和資訊科學的長期投入，方可扭轉整個局面。要成功，年輕一代和影響他們一生的父母，都要能瞭解這件事。

霍金父女檔寫這本書，便是要把宇宙中各種奇妙事物用深入淺出和圖文並茂的方式，介紹給青少年。讓他們自自然然地對天文、（更重要的是）對科學產生興趣。霍金把這個信念付諸實行，真是值得喝采。

守住家園並追求新天地，前途才多一份光明

像任何精彩的傳奇故事，書中有英雄，也有壞蛋。史蒂

芬‧霍金化身的艾瑞克便代表充滿信心與善意的科學家。他伙同一部有感情的萬能電腦「卡斯摩」，到宇宙各個角落尋找一個適合人類居住的新地球。霍金在這裡觸動了一個亙古以來關係人類社會發展的議題：到底我們是不是要不斷追尋新天地（如十五世紀以降，歐洲人到處大肆開發殖民地），推動太空殖民計畫，以紓解氣候變遷與環境惡化所帶來的困境？還是接受地球是我們無法取代的家園，必須設法將它妥善保護的事實？

展望將來，在銀河中兩千億恆星周邊找到類似地球、甚至有生物圈孕育的系外行星，只是時間的問題。但就算找到了，又如何？因為如書中所說，最近的毗鄰星，若用光速旅行，亦需要四‧二二年，搭高鐵便要走一百萬年才能到。這就是所謂遠水救不了近火。因此針對科學家的問題：為了確保科學用於增進全人類的福祉，到底應致力改善地球上的生活，還是在外太空找一個適合人類居住的行星？故事主人翁喬志提出了「何不兩個都做？」的方案。如果多一個年輕人採用這個觀點，進一步思考如何使用各式各樣的科學新知（包括霍金最喜歡的數學和物理）和天文太空科技，我們的前途便會多一份光明。

生動傳神的故事情節，蘊含科學家的生命寫照

　　在這本可說是太空版的「哈利‧波特」之中，神出鬼沒的瑞普老師便是一個典型的大壞蛋，但我猜測他充其量代表一個走火入魔的科學家，一心只想達成自己的科學目標。身患運動神經元疾病、與輪椅有不解之緣的霍金創造這個人物，也有點嘲諷的意味。他在說：你們這些行動自如的科學家，行行好，多替人類利益著想，多一點人文關懷，不要整天學那隻豬公，到處跑，只管闖禍。幸而喜歡跳芭蕾舞的安妮也帶著喬志到處跑，讀者才能跟著他們，藉著卡斯摩之助，在整個太陽系漫遊。我讀到喬志發現彗星是宇宙最有趣的東西那一段，便心想你為什麼不早點說？

　　艾瑞克這個聰明絕頂的天才科學家（也是霍金自己的化身），出場一陣後，便栽進一個黑洞。消失之前，他叫喬志去找一本他所寫的有關黑洞的書，因為書中有救他回地球的方法。喬志找到了這本書，他看到第一頁的第一行是出自愛爾蘭著名作家王爾德（1854-1900）的句子：「我們大家都活在陰溝裡，只是，有些人會抬頭，仰望星空。」這句話當然很好，但為什麼是這句話？作者露西的媽媽珍，本名是

珍‧王爾德。她二十歲和時年二十一歲、尚在劍橋修博士學位的霍金結婚，不久便要照顧殘疾開始發作的丈夫；直到一九八九年和他離異，在黑洞邊緣生活了二十五年。珍‧霍金在一九九五年寫了一本書，叫作《音樂移動群星》（*Music to Move Stars*），敘述她和霍金以及三名兒女在這段日子的故事。在回憶錄一開頭，珍‧霍金提到他們年輕時，霍金開始埋首思索時間之箭前進方向的理論，她便建議霍金考慮時間之箭逆向運動的可能性。這時，坐在輪椅上的霍金，便會作出頑皮的表情。珍‧霍金接著講到她有時候還是會想念當年的談話情景，但不知道霍金自己是否想念？

我想史蒂芬和露西‧霍金在這書中回答了這個問題，也教艾瑞克一頭掉進黑洞，說不定還藉此找到時光倒流的神祕鑰匙。所以，我請大家也穿上太空衣，準備這趟難得一見的神奇旅程，但不要忘記，在開始之前，要把這本書打開，連念三聲：「卡斯摩，開門！」

天文・科學・教育・兒童文學・家長
各界響應，一致好評

國立科學工藝博物館館長　謝忠武

　　霍金父女聯合創作的這本《勇闖宇宙首部曲》，讀來生動有趣，不但兼具科學知識的廣度與深度，以小說的方式引人入勝，配合精美的圖文解說，讓科學變得有趣又好玩，值得推薦給全國熱愛探險的朋友們。

萬芳高中物理老師　邱家媛

　　看似奇幻詭異的場景，卻是貨真價實地在宇宙裡上演的真實戲碼。小讀者們一定會很開心！因為可以用閱讀哈利波特一樣的心情開始人生中的第一堂天文物理學課程。

《科學月刊》副總編輯　曾耀寰

　　一本有趣又具知識性的科幻小說，裡頭科學和天文的部分有著名的英國天文物理學家霍金背書，科幻情節絕不會太過虛幻。天文學總讓人覺得遙不可及，但作者們將天文知識寫進生活當中，融入少年的生活當中。除此之外，作者藉由喬志父母、艾瑞克一家人，以及瑞普老師對科學的態度，努力傳達科學本身並不是邪惡的；科學是有趣的，破壞地球環境的凶手不是科學，而是濫用科學的人。這對青少年正確科學態度的培養是很重要的。

兒童文學工作者、作家　幸佳慧

　　這是個很妙的作者組合，是個讓文學與科學兩界都樂見與期待的作品。若有孩子因偏廢文學或非文學任一書種而使教養者苦惱的，這本書準

能達到文理均衡的效果。不管男孩或女孩，孩子心中的好奇精靈會使他們迫不及待讀完這個故事，並順理成章地使他們成為小小科學家。

歐陽龍、傅娟 & 歐陽妮妮

享譽國際的霍金博士把原本複雜艱深的科學知識，用很有趣的故事展現出來，跟著主人翁喬治和科學家艾瑞克父女，我們經歷了星星誕生的過程、也跟著彗星一起去旅行。而且這趟宇宙之旅有個既可愛又具有人性的嚮導——孩子們都很喜歡的電腦「卡斯摩」，讓我們在和孩子一起閱讀的同時，可以更輕鬆地引領他們認識天文科學方面的知識，也能夠很容易地進入故事當中，連身為父母的我們都讀得津津有味、大開眼界。原來，我們生活的世界是這麼的奇妙！

作家　凌拂

在大家對科普書寫的認知還不純熟的年代，一般言，科學總不免讓人覺得深奧、冷肅、太過艱難。科學門檻太高的結果，令人望而生畏，常阻斷了許多人對知識的追求。

《勇闖宇宙首部曲》透過科學與文學的融合，以知識為經，情意為緯，同時兼具門道與熱鬧，深入淺出地導引孩子進入科學的殿堂，不知不覺在趣味中吸收知識，這是科普閱讀的精神所在。

本書集知性與感性於一體，由科學博士霍金及他的女兒文學作家露西聯手創作，引領各種不同的孩子進入知識的閱讀世界，從今日大家對科普純熟的認知言，無疑這是一本具有啟發與趣味性的讀物。

九歌兒童劇團團長　朱曙明

創作兒童劇的最重要元素是具有創意與想像空間的形式與內涵，在《勇闖宇宙首部曲》裡，我們同時也看見了這兩種元素的體現。你可以任形式帶著想像遨遊無垠的宇宙，更可以深入淺出地在科學的內涵中增能。

獻給我摯愛的——
威廉與喬志

第一章

　　喬志望著空蕩蕩的豬舍，心想，怪了，他的豬公不可能憑空消失啊。牠究竟跑到哪裡去了？或許這只是幻覺。喬志閉上眼睛，再睜開時，那隻老是滿身泥巴的粉紅大豬公還是不見蹤影。喬志再次檢查豬舍，老實說，沒找到小豬還不打緊，慘的是，他注意到豬舍的大門是敞開的，代表有人沒把門關上，而這個罪魁禍首很可能就是自己。

　　「阿志！」老媽從廚房喊他：「等一下我要煮晚飯了。再一個小時就可以吃了。功課做了嗎？」

　　「安啦，老媽。」喬志裝出高枕無憂的聲音，回老媽的話。

　　「豬仔還好嗎？」

　　「牠很好！沒問題。」喬志尖著嗓子回答，模仿幾聲豬叫，試圖讓後院顯得熱鬧如常：這個小小的院子種滿各式各

樣的蔬菜，還有一隻大豬公穿梭其中；只是，現在豬公離奇失蹤，完全不知去向。接著，喬志又學起豬叫，呼嚕了好幾聲，為的只是製造後院一切太平的假象。當務之急就是在老媽走進院子前想出解決之道。無奈的是，怎麼找回豬公、把牠關進豬舍、把門關上、然後準時回去吃晚飯，喬志一點頭緒也沒有。不過，他正努力地想辦法。老天保佑，千萬別在這時候讓老爸或老媽發現豬公不見，否則他可是吃不完兜著走。

喬志心裡清楚得很，老爸老媽對這隻豬沒什麼好感，他們從來就不希望在後院養隻豬，特別是老爸，只要想起住在菜圃後面的那隻畜生，總是不禁咬牙切齒。小豬是個禮物：幾年前一個冷颼颼的聖誕夜，一個宅配紙箱送到了喬志家門口，裡頭傳出ㄍㄡˊㄍㄡˊㄍㄡˊ的叫聲，上頭貼著一張紙條，寫著：「聖誕快樂！這個小傢伙需要一個家，可以給牠一個溫暖的窩嗎？——愛你的阿

嬤。」喬志打開紙箱，發現裡面是隻氣呼呼的粉紅色小豬。喬志小心翼翼地把牠抱出來，興高采烈地看著他的新朋友，踩著小豬蹄，搖搖晃晃地繞著聖誕樹轉來轉去。

老爸對家裡這個新成員沒有表示歡迎之意。儘管老爸吃素，這並不表示他喜歡小動物。如果要老爸在動物和植物之間作個選擇，他一定會選擇植物；植物好照顧多了，既不製造髒亂，也不會吵鬧，更不會在廚房地板留下豬蹄印，或闖進廚房，把桌上剩下的餅乾吃個精光。可是對喬志而言，能有自己的小豬，可讓他樂翻了。老爸老媽那年送他的禮物跟往年一樣無趣。老媽親手為他打了一件紫色和橘色條紋的毛線衣，袖子卻長得可以拖地。像排笛組這種玩意，喬志從來就不想要；當他看到「自己動手養蟲蟲」套組時，更是連笑

容都擠不出來。

　　喬志夢寐以求的「宇宙無敵」禮物其實是電腦，不過他心裡有數，老爸老媽絕不可能買電腦給他。他們兩個都不喜歡時髦的發明，而且盡力避免使用一般人家裡常見的必需品。為了過單純的日子，他們所有衣服都用手洗，不開車，而且用蠟燭照明，盡量不用電。

　　這一切都是為了讓喬志在自然、美好的環境中成長，遠離毒素、添加物、輻射等文明惡果。話說回來，日常生活裡的有害物質全被老爸老媽摒除在外，生活樂趣也跟著消失殆盡。老爸老媽有他們自己的嗜好，例如繞著五朔節花柱跳舞、參加保護生態的抗議遊行、自己磨麵粉做麵包，可是，這一切都不吸引喬志。喬志想去兒童樂園玩雲霄飛車、打電動玩具、坐飛機到很遠的地方。唉，這些都是紙上談兵。現在，他只有一隻豬，一隻還算乖的小豬。

　　喬志叫牠肥弟。喬志總會靠在老爸蓋的豬舍欄杆上老半天，開心地看著肥弟用豬嘴在稻草堆裡鑽洞，或在泥土地上聞來聞去。時光飛逝，一轉眼，肥弟長大了，而且越長越大，大到不仔細看，會以為肥弟是隻象寶寶。肥弟的體積越變越大，豬舍空間就越縮越小，小到連活動空間都沒了。到後來，只要一逮住機會，肥弟就會衝出豬舍，在菜圃裡橫衝直撞，一下子把地上的紅蘿蔔踏得亂七八糟，一下子把剛長出來的高麗菜或老媽種的花咬得七零八落。老媽總是跟喬志說愛護動物有多重要，可是喬志心想，哪天要是肥弟把老媽的園子給毀了，老媽不把牠宰了才怪。老媽和老爸一樣都吃素，但是有次肥弟闖禍，把後院弄得慘不忍睹，喬志聽到氣

5

炸的老媽一邊收拾一邊嘀咕著要把肥弟抓來做香腸。

今天，肥弟捅的婁子可比搗亂菜圃更慘烈。突然，喬志注意到隔壁鄰居的籬笆上有個洞，大小剛好可讓一隻豬通過。咦，昨天還沒看到那個洞啊？不過老實說，肥弟昨天也關得好好的。現在，牠確實是不見蹤影。慘了，唯一的解釋就是──肥弟投奔自由，跑出後院了！

隔壁的房子很詭異。自喬志有記憶以來，隔壁就一直沒人住，和整條街相比，像是兩個不同的世界。街上其他房子的後院都整理得整整齊齊，總是有大人小孩進進出出的聲音，傍晚時分，家家戶戶燈火通明；可是，隔壁那間房子好像孤伶伶、靜悄悄、黑漆漆地矗立在那兒──大清晨沒有小孩子的喧鬧聲，傍晚沒有媽媽從後門喊小孩回家吃飯的呼喚聲，週末既聽不到敲打聲，也聞不到粉刷牆壁的油漆味，因為從沒見過有人來修窗戶或清水溝。

多年疏於照顧，隔壁鄰居的後院看起來有如亞馬遜叢林一樣茂盛。相較之下，喬志家的院子井然有序到乏味。紅花菜豆有條不紊地綁在支架上，垂頭喪氣的萵苣、蓬鬆的深色蘿蔔葉、中規中矩的馬鈴薯全部整整齊齊地排列。每次喬志踢球，球老是狠狠地砸中覆盆子叢，把細心照料的覆盆子砸

個稀巴爛。

　　爸媽替喬志劃出一小塊地，指望他哪天會對園藝產生興趣，長大成為栽種有機蔬果的農夫。可惜事與願違，喬志覺得抬頭望星空比埋頭種青蔥有意思多了。他的心思都拿來數

星星，所以缺乏照料的那一小塊地看起來光禿禿的，只有雜草和石頭。

隔壁的後院可是綠油油的一片。喬志常常站在豬舍屋頂，隔著籬笆，望著隔壁那片令人嘆為觀止的樹林。連綿不

夜晚的天空

白天的天空只看得見一顆星星。
這顆星星最靠近地球，
對我們的日常生活產生
的影響最大，
而我們也為這顆星星取了一個
特別的名字：
太陽。

月亮和行星
不會自行發光。
它們夜晚會發光，
是因為太陽把它們
照亮了。

夜空中其他發亮的光點都是星星，
例如我們的太陽。
這些光點有大有小，不過都是星星。
在晴朗的夜晚，
當我們遠離都市這類
會產生光害的地方，
憑肉眼就可看見數百顆星星。

夜晚的天空，
可以看見一些星星以外的天體，
像月亮和行星。
金星、火星、木星或土星
都是行星。

絕的灌木叢一看就知道是玩躲貓貓時絕佳的藏身地，錯綜複雜的樹幹，拿來爬樹再好不過了。茂盛的黑莓樹叢，枝椏彎成波狀的圈圈，就像火車軌道交叉的樣子。夏天，整個花園好不熱鬧：彎彎曲曲的旋花類植物攀住花園裡的其他植物往上爬，交織出一片綠色網絡；地面上的黃蒲公英長得到處都是；帶刺的毒豬草籠罩一方，儼然一副外太空植物的姿態；藍色的小勿忘草在一片綠意襯托下，顯得更閃閃動人。

　　儘管隔壁後院看起來好像很好玩，那裡可是喬志的禁區。老爸老媽三令五申地告誡他，絕對不可以到隔壁的後院玩耍。爸媽的這個「不」可不是那種「我是為你好」、一切還有商量餘地的「不」，而是斬釘截鐵的「不」，和老爸老媽對買電視的反應一模一樣。有一次，喬志建議他們：「學校每個小朋友家裡都有裝電視，有的甚至在自己的臥房就有一台，我們家可不可以也買一台？」結果，老爸搬出那套「看有害身心的垃圾節目會污染心靈」的長篇大論。但講到去隔壁的後院玩呢？連長篇大論都沒有，免談。

　　喬志喜歡打破沙鍋問到底。他打著如意算盤，既然從老爸身上得不到答案，何不從老媽下手。

　　「唉，喬志，你真是個問題兒童。」老媽嘆了一口氣，

忙著把剁好的包心菜苗和大頭菜丟進蛋糕麵糊裡。老媽總是手頭有什麼菜就煮什麼，從沒看過她特別準備什麼材料，煮出一道可口的菜餚。

「人家只是想知道為什麼不能到隔壁去玩。」喬志不死心，繼續問：「妳如果告訴我答案，我保證今天一整天再也不會問妳任何問題了。真的。」老媽的雙手往花圍裙上一抹，啜了一口蕁麻茶。「好吧！幫我攪拌鬆餅麵團，我就告訴你。」老媽遞過來攪拌用的咖啡色大碗公和木湯匙，喬志

開始攪拌和著綠色和白色蔬菜的麵團。這時，老媽也好整以暇地說起隔壁的故事。

「我們剛搬到這裡時，你還小，有個老阿伯住隔壁。我們很少碰到他，可是我對他印象很深，因為，我從來沒看過有人鬍子長這麼長，長得都碰到膝蓋了。沒人知道他到底幾歲，但是大家都說他在這兒住了一輩子。」

「後來呢？他怎麼了？」喬志忍不住問道，完全忘記自己說過不會再問問題。

「天曉得。」老媽故弄玄虛。

「什麼意思啊？」這時喬志已經入神得忘了要攪拌麵團。

「就這樣，」老媽回答：「前天人還好端端的，隔天就不見人影了。」

「搞不好他渡假去了？」喬志猜。

「如果是這樣，那就是一去不復返了。」老媽接著說：「到最後，大家開始搜房子，可是都沒找到他人。從此之後，那間房子就空著沒人住，也沒人再看到那個老阿伯。」。

「唉呀，怎麼會這樣。」喬志訝異地說。

「過沒多久，」老媽朝手上的熱茶吹一口氣，繼續說道：「我們半夜會聽到隔壁傳來砰砰砰的撞擊聲。不時有手

11

電筒的光在閃爍，也有人聲。曾有流浪漢闖進去，乾脆住下來。警察還來把他們趕出去呢。上個星期，我們又聽到隔壁有聲音。不知道現在是誰住在裡面。這就是你老爸不要你跑過去的原因，明白了嗎？阿志。」

眼前籬笆上的大黑洞讓喬志想起老媽告誡他的話。不過，隔壁後院看起來實在太神祕、太誘人了，老媽那席話沒辦法打消喬志想到隔壁瞧瞧的念頭。不過話說回來，知道不能去是一回事，知道他**非去不可**又是另一回事。一下子，隔壁變得令人毛骨悚然，讓人害怕起來。

這下子，喬志可真是左右為難了。乖小孩的那個他告訴自己，要回到安全又舒適的家，家裡閃爍的燭光、老媽做菜時那股既特別又熟悉的香味正等著他。可是這麼一來，肥弟怎麼辦？把肥弟丟下，萬一牠遇到危險怎麼辦？如果要老爸老媽過來幫忙，豈不讓肥弟多了一項不良紀錄，促使老爸老媽早早把肥弟送進屠宰場？不不不，萬萬不可。深深吸了一口氣後，喬志閉上眼睛，往籬笆上的洞衝去，決定到「隔壁」一探究竟。

再次睜開眼睛時，喬志發現自己身處院子正中央，四周宛如叢林，抬頭往上看，樹林茂盛，幾乎看不到天空。此時

12

天色已晚，蓊鬱的樹林讓視線更
差了。喬志勉勉強強看出雜草
叢被踏出一條小徑。喬志
沿著小徑走，希望能找
到肥弟。

　　一大排帶刺黑莓
樹叢趁喬志通過時，
摸黑沿著他的手臂
和大腿扎去，鉤住
他的衣服、刮傷他
的皮膚。蕁麻植物
也不甘示弱，用又
銳利又叮人的手攻擊
他。樹林間的風好像
在吟唱：「**阿志當心……
阿志當心。**」

　　喬志踩著沾了泥巴的枯葉，順著小徑來到房子正後方的
空地。目前為止，喬志還是沒看到他那隻調皮搗蛋的豬公。
可是，後門支離破碎的石磚有一排清楚的豬蹄印。從這些痕

跡，喬志可以輕而易舉地判斷肥弟的逃跑路線：肥弟把後
門擠出一個足以讓牠容身的縫，大喇喇地登堂入室。很不幸
地，荒廢多年的房子灑出一道光。

　　有人在家。

第二章

　　喬志回頭看來時路，心裡明白自己該回去向爸媽求救，就算必須跟老爸招認他不聽話、翻牆跑到隔壁鄰居的後院，也比一個人杵在原地好。就這樣吧，他先透過窗戶往屋內瞄一眼，看看肥弟是否在裡頭。如果牠在裡頭，就趕緊回家把老爸找來。

　　他緩緩靠近房子透出來的那道光。這道金色的光芒，一點也不像他家微弱的燭光或學校冰冷的藍色調日光燈。儘管喬志害怕地牙齒直打顫，那道光是如此吸引他，不知不覺中，他已經來到窗後。再往前湊一眼，透過窗框和百葉窗之間狹小的縫隙，喬志剛好可以看到屋內的狀況。從亂丟的馬克杯和茶包看來，這是廚房。

　　有動靜！喬志斜眼往廚房的地板一瞧，肥弟就在那裡！整隻豬嘴鑽進一只碗裡，正咕嚕咕嚕地喝著來路不明的鮮紫

色液體。

　　頓時，喬志的心臟都快停了。他心想，這一定是個恐怖的陰謀。「噁心啊！」喬志用力敲著玻璃窗，擔心地大叫：「那個有毒。**肥弟！不要喝了！**」

　　貪吃的肥弟才不理喬志，假裝沒聽見主人的喊叫，心滿意足地準備把碗裡的東西吸得一乾二淨。喬志不假思索，飛也似地衝進廚房，把碗從肥弟的嘴邊搶走，一股腦地把碗裡的東西倒進水槽。正當紫色液體被咕嚕咕嚕沖下排水孔時，身後傳來一個聲音。

　　「**你是誰？**」一個咬字清晰但稚嫩的聲音問道。

喬志轉身，發現身後站著一個女孩子，一身奇特的服裝。花花綠綠的顏色和層層薄紗，讓她看起來像在蝴蝶翅膀堆裡打過滾似的。

「妳以為**妳**是誰啊？」喬志氣急敗壞地反問。眼前的女生有一頭打結的金色長髮，戴著藍色和綠色的羽毛頭飾，看起來或許很奇怪，可是一點也不可怕。

「是我先問的，」女孩說：「而且再怎麼說，這是**我家**，我必須知道你是誰。可是如果我不想，我不用告訴你我是誰。」

喬志揚起下巴，回答：「我是喬志。」他指著肥弟說：「而那，是我的豬。妳綁架牠。」抬高下巴是喬志被惹毛時的習慣動作。

「我才沒有綁架你的豬。」女孩急著辯駁：「你真笨，我要一隻豬做什麼？我是一位芭蕾舞者。舞團不需要豬。」

「哈，芭蕾。」喬志咕噥。喬志小時候，爸媽曾經要他去上舞蹈課，恐怖的上課狀況至今記憶猶存。「不管，反正妳年紀太小了，不能當芭蕾舞者。妳只是一個小孩而已。」

「事實上，我是芭蕾舞團的團員。」女孩志得意滿地繼續說：「我看**你**根本什麼都不懂。」

「如果妳那麼懂事，為什麼要給我的豬下毒？」喬志質問。

「那才不是毒藥，」女孩輕蔑地說：「那是黑醋栗汁。我以為**每個人**都知道呢。」

喬志的爸媽從來只給他喝那種現榨、渾濁、顏色偏淡的果汁。喬志突然覺得自己很蠢，竟然不知道那紫色的東西是什麼。

「我看這不是妳的房子吧？」喬志繼續說，決心扳回一城。「這間房子是一位大鬍子老伯的，可是他消失很久了。」

「這**是**我的房子。」女孩強調，藍眼珠閃閃發亮。「除了巡迴表演的時間，我一直住在這裡。」

「那妳爸媽呢？他們人呢？」喬志盤問。

「我沒有爸爸媽媽。」女孩噘著粉紅色的小嘴。「我是個孤兒，小時候被包在芭蕾舞短裙裡丟在劇院後台。芭蕾舞團收留了我，所以我才這麼會跳舞。」女孩大聲回答，一臉

不屑。

「安妮！」響徹整間屋子的一個男聲傳來。女孩突然僵住。

「安妮！妳在哪裡？」又傳來一聲，而且越來越近。

「他是誰？」喬志狐疑地問。

「嗯……嗯……他是……」女孩低頭，突然對腳上的舞鞋很感興趣。

「安妮，原來妳在這裡！」一個高高的男人走進廚房。他一頭深色亂髮，粗重的眼鏡斜斜地架在鼻梁上。「妳在做什麼？」

「喔。」女孩對他報以一個燦爛的笑容。「我拿一些黑醋栗汁給豬仔喝。」

一絲惱怒閃過男人的臉龐。「安妮，」男人耐著性子說：「我們不是約法三章了？有時候妳可以天馬行空地編故事，但有時候……」當他注意到站在牆角的喬志，以及嘴巴沾滿黑醋栗汁、看起來好像在笑的豬仔時，他的聲音越來越小。

「嗯，一隻豬……在廚房裡……我知道了……。」眼前的畫面讓男人緩緩吐出這幾個字。「安妮，對不起，我以為妳又在胡說八道了。嗯，你好。」男人穿過廚房，過來和喬志握手，然後小心翼翼地拍撫豬仔的頭。「哈囉……

嗨⋯⋯」不大確定接下來要說什麼。

「我叫喬志。」喬志主動表示：「這是我的豬。牠叫肥弟。」

「你的豬。」男人複述一次，轉身看了安妮一眼。安妮聳聳肩，一副「我早跟你說過了」的表情。

「我住隔壁。」喬志繼續解釋：「我的豬鑽過籬笆上的洞跑到你們這邊，所以我來把牠抓回去。」

「當然了。」男人笑一笑。「我還在想，你是怎麼跑進我們廚房的。」他指著金髮女孩說：「我叫艾瑞克，我是安妮的爸爸。」

「安妮的爸爸？」喬志對女孩會心一笑。她一臉趾高氣昂，拒絕搭理喬志的目光。

「我們是你的新鄰居。房子有點亂，因為剛搬來不久，還沒過去跟你們打招呼。」艾瑞克用手指了指廚房，大家的視線掃過脫落的壁紙、發霉的舊茶包、滴著水的水龍頭、破舊的地板。艾瑞克抓抓頭，皺一下眉頭。「你要喝點什麼嗎？我想，安妮已經請你的豬喝過飲料了。」

「我要黑醋栗汁。」喬志迫不及待地回答。

「沒了。」安妮搖著頭說。頓時，喬志整個臉都垮下

來。竟然有這種事！肥弟有黑醋栗汁喝，他卻沒有。

艾瑞克在廚房裡翻箱倒櫃，仍然一無所獲。只好一臉抱歉，聳聳肩，指著水龍頭問道：「喝水可以嗎？」

喬志點點頭。通常，喬志和其他小朋友一起玩時，他總會因為他們家跟別人家不同而感到沮喪，可是隔壁鄰居實在怪得有趣。好不容易找到比他們家更怪的一家人，喬志不打算急著回家吃晚飯。就在他打著這個如意算盤時，艾瑞克粉碎了他的美夢。

「時候也不早了，」艾瑞克看了窗外一眼，「喬志，你爸媽知道你在這裡嗎？」他從廚房的櫃子上拿起電話。「撥

個電話回家吧，不要讓爸爸媽媽擔心。」

「嗯……」喬志彆扭地不知怎麼回話。

「你家電話幾號？」艾瑞克從眼鏡上緣看著喬志。「還是打手機比較容易聯絡到他們？」

「他們……」喬志沒辦法搪塞。「他們沒裝電話，也沒有手機。」

「為什麼沒有？」竟然有人沒手機，安妮睜大眼睛，一臉不可置信。

喬志有點侷促不安。安妮和艾瑞克好奇地望著他，他只好據實以告。「我爸媽覺得科技正在取代整個世界。」喬志簡短地解釋：「他們認為我們應該試著不要使用那些科技產品。因為有那些科學發展及新發現，人類的現代發明污染了地球。」

「真的？」從艾瑞克厚重的眼鏡，可以看到他的眼睛亮了起來。「真是太有趣了。」這時，艾瑞克手中的電話響起。

「我來接我來接，拜託拜託！」安妮從艾瑞克手中搶過電話。「媽！」她興奮地尖叫，耳朵緊貼話筒，衝出廚房，裙子的荷葉邊也跟著擺動。「媽！讓妳猜發生了什麼事！」她往走廊啪嗒啪嗒地走去，尖銳的聲音仍不絕於耳。「有個

奇怪的男生跑過來……」

喬志糗得想找個地洞鑽進去。

「他還有一隻豬。」安妮的聲音清楚地傳回廚房。

艾瑞克偷偷看了喬志一眼，用腳慢慢把廚房門關上。

「而且他從沒喝過黑醋栗汁！」安妮尖銳的聲音仍穿透門，傳了過來。

艾瑞克打開水龍頭，幫喬志倒了一杯水。

「他爸媽連電話都沒有！」安妮的聲音漸弱，可是每個字聽來依舊傷人。

艾瑞克打開收音機，音樂開始在廚房裡流動。「喬志，我們聊到哪裡了？」艾瑞克大聲問。

「我不知道。」廚房的樂聲大得足以蓋過安妮講電話的聲音，相較之下，喬志的聲音小得像蚊子叫，幾乎聽不到。

艾瑞克同情地看了喬志一眼，大聲說：「給你瞧一個有趣的東西。」並從口袋裡掏出一把塑膠尺，在喬志眼前揮動。「你知道這個是什麼？」艾瑞克扯著嗓門問他。

「一把尺？」喬志回答，心想，這不是很明顯嗎？

「答對了。」艾瑞克把尺在頭髮上摩擦。「瞧！」他把尺靠近水龍頭下細小的水流，水流便在空中轉彎，而不是垂

直往下流。他把尺移開，水流又如常地往下流。艾瑞克把尺拿給喬志，喬志如法炮製，得到相同的結果。

「這是魔術嗎？」喬志興奮地大叫，完全忘了安妮的無禮。「你是魔法師嗎？」

「不是。」艾瑞克回答，把尺收回口袋，關上水龍頭，也關上收音機。廚房回復寧靜，也聽不到安妮的聲音。

「喬志，這就是科學。」艾瑞克精神抖擻地解釋：「當你用尺摩擦頭髮，尺從你的頭髮偷走了電荷。我們肉眼沒辦法看到電荷，可是水流可以感覺得到。」

「老天，這真是太神奇了。」喬志倒抽一口氣。

「的確，」艾瑞克同意。「科學是一門奇妙又迷人的學問，幫助我們瞭解周遭的世界和世界上各種奧妙。」

「你是科學家嗎？」喬志問道，突然有一絲不解。

「是啊，我是。」艾瑞克回答。

喬志指著水龍頭問道：「如果科學是用來解決問題，為什麼科學也會破壞地球？我一點也不明白。」

「你很聰明喔！」艾瑞克讚許道：「一下子就抓到重點。回答你的問題前，我要先告訴你科學是什麼。科學是個深奧的名詞，意思是：用我們的感覺、智力、觀察力去解釋

周遭的世界。」

「你確定？」喬志不太相信這種說法。

「百分之百確定。」艾瑞克繼續說：「自然科學有很多種，被應用到許多不同的領域。我的工作就是去研究『怎麼做？』和『為什麼？』：宇宙、太陽系、我們的行星、地球上的生物……等是怎麼開始的？開始之前有哪些東西？這些東西又是從哪裡來的？怎麼運行？為什麼？這就是物理學，讓人興奮、讚嘆、著迷的物理學。」

「如果科學真的像你說的那樣，科學實在太有趣了！」喬志提高語氣，深表贊同。艾瑞克提到的問題，喬志問過老爸老媽不下數百回，可是他們從來沒能回答。喬志也在學校問過這些無法用三言兩語解釋的大問題，老師總是告訴他，

下學年就知道了。喬志一點也不滿意這樣的答案。

　　艾瑞克眉毛一挑，問道：「要繼續嗎？」

　　當喬志正要說「好」時，本來乖乖待在一旁的肥弟，似乎被他的興奮給感染，笨重地移動腳步開始小跑步，然後，突然加速前進，豬蹄飛快地往門口直衝。

　　看著肥弟直豎的耳朵、飛快的腳步，艾瑞克喊了一聲：「慘了！」然後奮不顧身地往前撲，企圖抓住衝出門的小豬。

　　「不要跑了！」喬志大叫，跟著他們跑到隔壁房間。

　　「ㄍㄡˊㄍㄡˊㄍㄡˊ！」肥弟樂昏頭了，發出又長又尖銳的叫聲。看來，肥弟相當享受牠今天的出遊。

第三章

　　如果廚房叫作髒，那隔壁房間就是亂。房間裡，一疊一疊的書堆得到處都是，有的書都堆得快碰到天花板了，搖搖欲墜真教人捏把冷汗。肥弟衝進房間時，行經的路線莫不颳起一陣龍捲風，筆記本、書、皮革裝訂成冊的大書和紙張吹

得漫天飛舞。

「抓住牠！」艾瑞克大叫，企圖把豬趕回廚房。

「我正在想辦法！」喬志回話。說時遲那時快，他的臉就被一本封皮亮亮的書本打個正著。

「快點！我們必須把牠弄出這裡。」

艾瑞克奮力一跳，撲在肥弟背上，抓住肥弟的耳朵，把耳朵當成方向盤，以控制脫韁野馬的架勢，騎著這隻高速前進的豬公往廚房跑。

房間裡只剩喬志一人。他訝異地環顧四周，漫天飛舞的紙張輕輕落下，房間頓時亂得相當漂亮、壯觀；還有許多有

趣的玩意。喬志從來沒見過這樣的一個房間。

　　牆上的大黑板密密麻麻都是用彩色粉筆記下的符號和潦草字跡，吸引了喬志的視線，可是他並沒有停下來，仔細瞧上面寫了什麼，畢竟房間裡要看的東西實在太多了。牆角一架古董鐘緩緩地滴答作響，左右搖擺的鐘擺發出聲音，和一排懸在金屬線上的銀球同步應和；銀球不斷運動，好像不曾休止似的。一個木製腳架上擱著一支面向窗戶的長長銅管。這年代久遠的管子看起來很漂亮，喬志忍不住伸手摸一摸，感覺又冷又細緻。

艾瑞克衣衫不整地回到房裡，頭髮東翹西翹，眼鏡也歪了，手裡拿著剛才把肥弟騎出去時抓起的那本書。「喬志，真是太棒了！我還以為我把這本新書弄丟了，找都找不著，而你的豬竟然幫我找到了。好個意外的收穫。」艾瑞克激動地說道，臉上掛著心滿意足的笑容。

喬志站在一旁，手摸著金屬管，目瞪口呆地看著艾瑞克。他以為自己會因為肥弟出的紕漏被狠狠教訓一頓。可是，艾瑞克和他認識的其他人都不一樣，看起來一點怒氣也沒有。喬志想不透，為什麼不管家裡發生什麼事，艾瑞克好像從來不會生氣。

艾瑞克把失而復得的書放在紙箱上面，說：「謝謝你今天的幫忙。」

「幫忙？」喬志心虛地重複，不敢相信他聽到的。

「是啊，你真是幫了我一個大忙。」艾瑞克強調：「看來你對科學有濃厚的興趣，也許我可以告訴你更多科學知識，以表達我的謝意。我們從哪裡講起呢？你想知道什麼？」

喬志的心裡有千百個疑問，只問一個實在太難了。於是，他指著金屬管，問道：「這是什麼？」

「問得好，喬志，這個問題問得好。」艾瑞克開心地表

31

示：「那是我的望遠鏡，它來頭可不小，是從四百年前一位義大利天文學家那裡傳下來的。這位天文學家叫伽利略，他喜歡在夜裡觀星。當時，大家都以為太陽系的行星繞著地球轉，連太陽也繞我們居住的行星運行。」

「我知道的才不是這樣。地球是繞著太陽運轉。」喬志一邊好奇地看望遠鏡裡面有什麼，一邊說道。

「現在你確實知道不是這樣。」艾瑞克繼續說：「你之所以知道地球繞太陽運轉，也是因為伽利略的發現。他透過望遠鏡觀察，瞭解到地球和太陽系其他行星一樣，都是繞太陽運轉。科學是一門藉由經驗獲得知識的學科。你從望遠鏡裡看到了什麼？」

「我看到了月亮。」喬志瞇著眼睛，從望遠鏡看起居室窗外的夜空。「月亮看起來好像在笑。」

「那是隕石碰撞月球表面留下的疤痕。」艾瑞克解釋：「用伽利略的望遠鏡沒辦法看得很遠。如果你到天文台，用大型望遠鏡看，就可以看到距離我們很遠很遠的星星。這些星星離我們實在太遠了，遠到當它們的光傳到地球時，它們可能已經死亡了。」

「星星會死掉？真的嗎？」

我們的月球

⚬ 月球是一顆天然的衛星。「天然」在這裡是指非人造的意思。

⚬ 衛星繞著行星運轉，就像地球繞太陽運轉。

月球與地球的平均距離：相當於384,399公里

直徑：3,476公里，是地球直徑的27.3%
表面積：地球表面積的7.4%　　體積：地球體積的 2%
質量：地球質量的1.23 %　　赤道重力：地球赤道重力的16.54%

月球重力對地球最明顯的影響可從海洋的潮汐看出來。地球面向月亮那一側的海洋因為離月球較近，受到的月球引力較大，形成漲潮。同樣道理，離月球較遠的海洋被月球拉過去的程度沒有地球被拉過去的程度大，也造成漲潮。

月球繞行地球一圈需要27.3天。月球的陰晴圓缺以29.5天為一個週期，每隔29.5天就會以相同亮度照亮夜空。

雖然太陽的萬有引力比月球大得多，可是對於潮汐的影響卻只有月亮的一半左右，因為太陽距離地球較遠。當月亮約略和地球及太陽成一直線（一個月兩次），月亮及太陽的引潮力加起來，便形成滿潮，也稱為「朔望潮」。

由於月亮上沒有大氣層，即使是白天，月球的天空也是黑的。大約從地球上出現生命的時期開始，月球上就沒有地震或是火山爆發。因此，地球至今出現的有機生命體看到的都是一樣的月亮。

在地球上，我們總是看到月亮的同一面，至於月亮的背面首度公諸於世，是1959年太空船拍攝的一批照片。

「是啊，不過要解釋星星怎麼死以前，我得先讓你看看星星是怎麼誕生的。等我一下，讓我準備準備，我想你一定會喜歡這個。」

光和星星

☆ 宇宙裡的每樣東西，即使是光，行進都需要時間。

☆ 在太空，光永遠以極速行進：每秒300,000公里。這種速度稱為「光速」。

☆ 光從地球到達月球大約只需要1.3秒，。

☆ 太陽距離地球比月亮遠。

☆ 光離開太陽時，大約需要8分30秒的時間才能抵達地球。

★ 天上其他星星跟太陽比起來，距離地球遠多了。離太陽最近的星星是毗鄰星，它的光要4.22年才能到達地球。

★ 其他星星離我們又更遠了。大部分夜晚可見的星光，在我們雙眼看到前，早已行進了數百、數千、甚至數萬年。這些星星我們儘管看得到，但可能已不存在；這一點我們無從得知，因為它們爆炸死亡時產生的光芒還沒傳到地球。

★ 太空中測量距離的單位是「光年」，也就是光在一年中可行進的距離。一光年將近9兆5,000億公里。

毗鄰星（*Proxima Centauri*）是除了太陽以外最靠近地球的恆星。

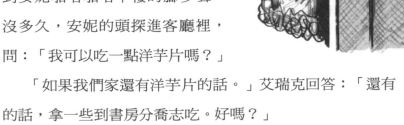

第四章

　　艾瑞克往門口走去，頭伸
出門口，往走廊一喊：「安──
妮！」艾瑞克的叫聲往樓上傳去。

　　「怎─麼─了？」安妮尖銳的嗓
音遠遠地傳下來。

　　「妳要下來看『星星的誕生和死
亡』嗎？」

　　「看得都不要看了。」他們聽
到安妮啪嗒啪嗒下樓的腳步聲，
沒多久，安妮的頭探進客廳裡，
問：「我可以吃一點洋芋片嗎？」

　　「如果我們家還有洋芋片的話。」艾瑞克回答：「還有
的話，拿一些到書房分喬志吃。好嗎？」

安妮甜甜一笑，消失在廚房裡。廚房傳來打開碗櫃的聲音。

「希望你不會介意安妮這個樣子。」艾瑞克溫和地說：「她不是故意的。她只是……。」艾瑞克話沒說完，逕自往房間最裡面的角落走去，開始弄電腦。喬志這時才發現有這麼一台電腦。剛才他走進房間時，視線被滿屋子的東西給吸引住了，根本沒注意到這台有著銀色螢幕與鍵盤相連的電腦。不過，喬志第一眼沒看到電腦也有點不尋常，他多希望說服老爸老媽買台電腦給他啊。現在他把零用錢都存下來準備買電腦，但是一星期存個五十便士，還要八年，才能買一台爛爛的二手電腦。看來買電腦是遙不可及，所以喬志只能將就使用學校那些既笨重、速度又慢的老電腦。學校的電腦每五分鐘就當機一次，螢幕上還沾滿黏糊糊的手指印。

艾瑞克的電腦很小一台，又是光面，很像太空梭裡面用的先進電腦。艾瑞克在鍵盤上敲了幾個鍵，電腦嗡嗡作

響，螢幕上閃過一道道亮光。

「你忘了一件事。」一個奇怪的機器聲冒出來。喬志嚇得心臟差點跳出來。

「有嗎？」艾瑞克一臉困惑。

「有。」那個聲音說：「你忘了介紹我。」

「真抱歉！」艾瑞克想起來後，連忙說：「喬志，這是我的電腦，它叫卡斯摩。」

喬志倒抽一口氣，緊張地不知道該如何接話。

「你要跟它打招呼，不然它會覺得被冒犯。」艾瑞克在喬志耳邊提示。

「哈囉，卡斯摩。」喬志緊張地打招呼。他從沒跟電腦說過話，顯得不知所措，眼睛都不知道要看哪裡。

「哈囉，喬志。」卡斯摩回話，繼續說道：「除了自我介紹，你還忘了別的東西。」

「又怎麼了？」艾瑞克不解。

「你忘了跟喬志說我是世界上最偉大的電腦。」

艾瑞克翻個白眼，耐心重複：「喬志，卡斯摩是世界上最偉大的電腦。」

「沒錯。」卡斯摩同意地說：「我是世界上最偉大的電

37

腦。以後會有比我更強大的電腦，可是從過去到現在，沒有比我強的。」

　　「不好意思，電腦有時候有點難取悅。」艾瑞克在喬志耳邊偷偷說。

　　「我也比艾瑞克聰明。」卡斯摩吹牛。

　　「誰說的？」艾瑞克瞪著螢幕，有點不高興。

　　「我說的，我可以在十億分之一秒內計算十億個數字。當你說『卡斯摩很偉大』這短短幾秒，我已經算出行星、彗星、星球和銀河系的壽命了。當你說『卡斯摩是我見過最令人嘆為觀止的電腦，它真的很不可思議』，我已經⋯⋯」

「夠了，夠了。」艾瑞克打岔：「卡斯摩，你是我們見過最令人嘆為觀止的電腦。現在，可以繼續下去嗎？我想要讓喬志知道星星是怎麼誕生的。」

「不行。」卡斯摩拒絕。

「**不行**？你這可笑的機器，**不行**是什麼意思？」

「我不想。」卡斯摩傲慢地回答：「我一點也不可笑，而且我是史上最令人嘆為觀止的電腦……」

「**拜託**，卡斯摩。」喬志打斷卡斯摩：「求求你行行好，我真的很想知道星星是如何誕生的，**請**你讓我瞧一瞧。」

卡斯摩不作聲。

「卡斯摩，別這樣。讓喬志看看宇宙的奧妙嘛。」

「看情況再說。」卡斯摩悶悶不樂地回答。

「喬志對科學的評價不高，」艾瑞克繼續說服卡斯摩：「這是讓他瞭解科學的大好機會。」

「他必須先發誓。」卡斯摩說。

「聰明的卡斯摩，你說

得對。」艾瑞克一個箭步跳到黑板前。喬志轉身仔細打量黑板上的字——看起來像是一首詩。

「喬志，你想知道全宇宙最偉大的學科嗎？」

「當然！」喬志大聲回答。

「你準備好宣誓、表明決心了嗎？你保證只用知識造福人類，不用知識為非作歹？」艾瑞克眼鏡後那雙眼睛專注看著喬志，聲音也嚴肅起來。「這點很重要。你明白嗎？喬志，科學可以是行善的力量，可是如同你之前提到的，科學也會危害人間。」

喬志把腰挺直，直視艾瑞克的眼睛，肯定地回答：「我準備好了。」

「那麼，黑板上寫的是『科學家誓言』。如果你同意，就大聲念出來吧。」

喬志看了看黑板上的字，想了一下。科學家誓言並沒嚇倒他，相反地，他全身上下激動不已。他照著艾瑞克先前的指示，大聲宣誓：

「我發誓把科學知識用於增進人類福祉。我發誓在尋求啟蒙的路上，絕不傷害任何人……」

這時，客廳的門被打開，安妮拿著一大袋洋芋片，側身

進來。

「繼續下去，你念得很好。」艾瑞克鼓勵他。

喬志往下念：「**當我尋求知識以解決周遭奧祕時，我應勇敢、謹慎。我不用科學知識謀求個人利益，亦不將其中知識傳授給意圖摧毀地球的人士。**

「**如果我違背誓言，永不得見宇宙的奧妙。**」

艾瑞克鼓掌恭喜喬志。安妮把吃完的洋芋片袋子脹得鼓鼓的，啵地一聲爆破，以示慶祝。卡斯摩的螢幕則閃過一道彩虹光。

「幹得好，喬志。你現在是『人類利益科學探究會』年紀第二小的會員了。」艾瑞克說。

「我向你致敬。從今天起，我將辨認出你的指令。」卡斯摩說。

「而我會讓你吃洋芋片。」安妮尖聲說。

「噓！安妮，安靜點。精彩的部分就要上場了。喬志，你現在可以用祕密鑰匙打開『宇宙的門』了。」艾瑞克指示。

「我可以嗎？鑰匙在哪？」喬志問道。

「到卡斯摩那裡看看它的鍵盤，猜猜看要按哪個鍵，可以為你打開『宇宙的門』？安妮，不要說出答案。」

喬志照辦。卡斯摩或許是世界上最偉大的電腦，可是它的鍵盤跟學校最爛的電腦沒有兩樣，上面的字母和符號以相同的順序排列。喬志絞盡腦汁，到底哪個鍵可以幫他打開宇宙之門呢？他又看了看鍵盤，突然，他知道答案了。

「是不是這一個？」喬志問艾瑞克，他的手猶豫地停留在半空中。

艾瑞克點點頭。「按下，喬志，門就會打開了。」

喬志的手指在 ENTER 鍵上敲了一下。

突然，房間開始變暗……。

「歡迎光臨宇宙世界。」卡斯摩宣布，並播放起電腦音效的歡迎樂曲。

第五章

房間越來越暗。「喬志，來這裡坐吧。」這時，安妮
已經安坐在舒服的大沙發上。喬志坐下沒多久，就看到一束
小小的白色強光，直接從卡斯摩的螢幕射出來，射到房間中
央，晃動片刻後，開始在半空中畫出一個形狀：從左到右先
畫出一條直線，再往地板的方向掉，留下一條閃亮的路徑，
轉個彎，畫出四邊形的三個邊，再轉一個彎，回到了原點。
乍看之下，像個扁平的形狀掛在空中，但不一會兒就變成一
個眼熟的實在物體。

「看起來像是……」剎那間，喬志看出眼前的東西是什
麼了。

「一扇窗子。」艾瑞克得意地說：「卡斯摩幫我們弄了
一扇『宇宙之窗』。仔細看好。」

光束消失後，在客廳的半空中留下了一扇窗。雖然輪廓

仍閃爍著白光，看起來已經比較像真正的窗戶了，金屬框的
窗格中鑲著一大片玻璃。窗外有風景，可是看出去既非艾瑞
克家，也不是其他人家、街道、城鎮，更不是喬志見過的景
致。

　　眼前看到的是黑漆漆的一大片，一顆顆亮晶晶的小星星
滿滿點綴其中。喬志試著數一共有多少顆。

　　「喬志，宇宙有幾兆億顆星星。除非你跟我一樣聰明，
否則你沒法算出星星到底有多少顆。」卡斯摩那機械式的聲
音說道。

　　「卡斯摩，為什麼會有那麼多星星呢？」喬志好奇地問。

　　「新的星星無時無刻在誕生。它們誕生在充滿塵埃和氣
體的巨大星雲裡。等一下，我馬上給你看。」

　　「星星誕生需要多久時間？」喬志問。

　　「幾千萬年。」卡斯摩回答：「希望你不趕時間，否則
我可來不及讓你看。」

　　「噴—噴！」艾瑞克不耐煩地咂嘴。他盤腿坐在沙發旁
的地板上，修長的雙腳呈銳角彎曲，看起來像是一隻和藹可
親的大蜘蛛。「喬志，別擔心時間，我已經高速快轉了，你
還是來得及回家吃晚餐。安妮，把洋芋片傳過來。喬志，我

是不知道你會有什麼感覺，可是宇宙之旅老是讓我飢腸轆轆。」

「天哪。」安妮聽起來有點不好意思。她把嘴探進袋子裡，把袋子弄得沙沙作響。「我看我還是多拿一些過來。」安妮從沙發跳起來，衝向廚房。

安妮離開後，喬志注意到眼前外太空的變化──並不是整個天空都佈滿星星。下方角落有塊黑色區域，一顆星星都沒有。

「那裡怎麼了？」喬志指著黑色區塊問道。

「咱們來看一下。」艾瑞克在遙控器上按了一個鍵，窗外景色中的黑色區塊漸漸放大。靠近區塊時，喬志發現一個巨大的雲團在那區塊上方盤旋。窗子持續向雲團移動。他清楚看到這團雲果然就像卡斯摩之前所說的，是由氣體和塵埃構成。

「這是什麼？在哪裡？」喬志問。

「這是外太空的一個大星雲，可比天上的白雲大多了。」艾瑞克回答。這種雲是由很小很小、四處飄散的顆粒組成。也因為有太多太多的顆粒，這些星雲非常大，大到可以容納千萬顆、上億顆地球。而星星就是在這些星雲裡出生的。」

當月球在日出前升起時,地照(從地球反射回去的太陽光)微微照亮了月球暗面。

照片中的黑色星雲因形狀特殊，稱為馬頭星雲（Horsehead Nebula）。馬頭星雲背後因為襯著發射星雲（稱為IC 434），所以顯得黯淡。發射星雲比較亮，是因為熾熱的恆星激發了星雲裡的氫原子。馬頭星雲距離地球1,500光年。

© NASA/ESA/STSCI/. HESTER & P. SCOWEN, ASU/ SCIENCE PHOTO LIBRARY

© NASA/ESA/STSCI/. HESTER & P. SCOWEN, ASU/ SCIeNCE PHOTO LIBRARY

這些柱狀的宇宙雲層是由氫和塵埃構成，內含尚未成形的恆星，因此稱作「創生柱」（Pillars of Creation）。

這是銀河的中央。我們的肉眼無法看到，因為被一層宇宙塵埃遮住。然而，藉由紅外線拍攝，這張照片讓我們看到數十萬顆不易見到的星星。中央的白點內是一個「超大質量的黑洞」（supermassive black hole）。

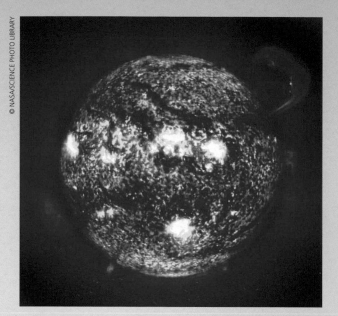

這是透過紫外線拍攝的太陽。圖片右上方有一團爆發中的
電漿流（plasma gas）。這種爆發的現象稱作「日珥」（solar
prominence）。

半人馬座毗鄰星（Proxima Centauri）（圖片中央的紅點）
是離太陽最近的恆星。毗鄰星距離地球4.22光年。光從太
陽到達地球則需要8.31分鐘。

粒子

基本粒子指的是最小、無法被分割成更小粒子的一個小點點，帶電的電子和傳播光的光子都是。

原子不是基本粒子，因為原子是由電子和由電子所環繞著的原子核所組成，就像行星環繞太陽一樣。而原子核是由質子和中子緊密結合而成。

從前人們認為質子和中子是基本粒子，但是我們現在已經知道質子和中子是由更小的粒子組成。這種粒子稱為「夸克」，夸克與夸克之間透過膠子而聚集在一起。膠子這種強作用力粒子只對夸克有作用，對電子或光子則無任何作用。

中子

質子

電子

氦原子：原子核裡有兩個中子和兩個質子，另有兩個電子在周圍環繞。

喬志可以看到星雲裡的顆粒到處移動，有些聚集成大型團塊。這些大團塊不停地旋轉，也不斷積聚更多的顆粒。但是顆粒聚集時，團塊並沒有跟著變大，反而像是經過擠壓似的變小了。彷彿有人在外太空揉超級麵團。而其中一個離窗子很近，喬志看著這團球越轉越小，越轉越小。體積縮小之

時，溫度也跟著上升，熱到連坐在沙發上都可以感覺迎面而來的熱度。然後，這球開始發出黯淡卻讓人害怕的光芒。

「為什麼會發光？」喬志不解地問。

「它縮得越小，溫度就升得越高。溫度越高，光就越亮。很快它就會亮得讓人**吃不消**。」艾瑞克邊解釋，手裡拿著不知從地上哪裡找來的怪太陽眼鏡。「把這戴上。待會兒的畫面會亮得讓你睜不開眼睛，不戴眼鏡根本看不見。」說著說著，艾瑞克自己也戴上一副。

喬志戴上了黑色眼鏡沒多久，這球便從內部爆炸，外層燃燒的熱氣被射得四處飛散。爆炸過後，球像太陽般發光。

「哇！」喬志瞠目結舌，叫道：「那是太陽嗎？」

「有可能。」艾瑞克答道：「這是星球※誕生的過程，太陽就是一個星球。大量的氣體和塵埃結合

後，體積開始縮小，變得更結實更熱，就像你剛才看到的，雲團中央的顆粒被緊緊壓縮，開始合併或融合，並且釋放大量能量。這個現象稱作**核融合反應**。產生的能量之大，先將外層一層一層褪去，剩下的就成為一顆星星。你們剛才見到的就是這個過程。」

現在，星星在遙遠的地方持續發光，真是一幅漂亮的景色。多虧那兩副特殊的眼鏡，否則喬志和艾瑞克根本睜不開眼睛。

喬志望著星星，望著望著出神了，對它們神奇的力量讚

物質

● 物質由多種原子組成。人們所謂的原子或元素，是由原子核內的質子數決定，其數量可多達118個，而且大多含有相同數目或者更多的中子。

● 最簡單的原子是氫，其原子核只有一個質子而沒有中子。

● 自然產生的最大的原子是鈾原子，其原子核包含92個質子和146個中子。

● 科學家認為宇宙中90%的原子都是氫原子。

電子

質子

氫原子

嘆不已。不時還可看到巨大的閃亮氣體噴流從星球表面強力噴出，以不尋常的速度射到百萬哩之外。

「星星會像這樣永遠發光嗎？」喬志問。

「沒有什麼是永遠的，喬志。如果星星永遠發光，我們就不會在這裡了。星星會把肚子裡的小顆粒變成大顆粒。這就是核融合做的事：融合小顆粒，把小原子結合成為較大的原子。核融合釋放的巨大能量讓星星持續發光。你我身上組成的大部分元素是地球存在以前在其他星球的內部所產生的，所以我們可以自稱是星星的小孩。很久很久以前，星星

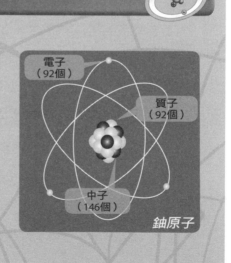

● 剩下的10%的原子則是其他117種原子，每種比例都不同。有些原子非常稀少。

● 原子連結在一起，產生的物體就稱為「分子」。分子多得數不盡，大小也不一樣，我們常常在實驗中製造出新的分子。

● 星星誕生之前，太空裡只能找到最簡單的分子。最普遍的就是氫分子，存在於星星誕生時外太空的氣體雲裡。氫分子由兩個氫原子組成。

電子
（92個）

質子
（92個）

中子
（146個）

鈾原子

爆炸時，把它們製造的大原子送進外太空。相同的現象也會發生在窗外的那顆星星。當不再有小顆粒可以融合成大顆粒的時候，星星便來到了它生命末期的大爆炸。爆炸時，星星肚子裡創造的所有大原子都會被送進外太空。」

　　只見窗外的星星越長越大，顏色也從亮黃色變成紅色，最後大到占滿整面窗，一副怒不可遏的樣子。這顆星星持續變大、變紅，喬志覺得它隨時都有可能爆炸。艾瑞克按了一下遙控器，宇宙之窗馬上遠離。

　　「很不可思議吧？」艾瑞克解釋：「剛開始，雲團縮小，然後產生星星。可是這會兒，星星卻逐漸變大！大到即將爆炸！等一下說什麼都不准拿下眼鏡。」

　　喬志著迷地看著這顆星星。星星大到一個無法想像的體積，突然間，震撼力十足的爆炸就在喬志眼前發生了。整顆星星都炸掉了，大量的光和紅熱的氣體也被釋放到外太空，其中包括新造的原子。爆炸過後，只見一個光彩炫目的新的星雲，裡頭有很多特別的顏色和新的物質。

　　「哇喔！」喬志驚叫。眼前的現象簡直是一場最不可思議的煙火秀，精彩非凡。

　　「經過一段時間，你看到的彩色雲會和別處爆炸的星星

所產生的雲混在一起。雲冷卻後，產生的氣體會混合，變成更大一朵雲，又會有新的星星誕生。新的星球誕生地點周圍的殘留物，會凝聚成大小不一的天體，但不足以形成恆星。有些天體會變成球狀，經過一段時間，就會成為行星。在現實裡，我說的這些變化要經過千萬年的時間才可能發生！」

「哇！」

「可是我們沒那麼多時間，而且你還要回家吃晚餐。」艾瑞克在卡斯摩的鍵盤上按了幾個鍵後，說：「我們快轉吧。到了，就是這一段。」

一眨眼的工夫，千萬年過去了。眾多星星爆炸時產生的氣體已經聚集成一大塊雲，裡面到處都是新的星球。有一顆正好就在窗前形成，亮得讓其他星星失色。距離這顆星球不遠，雲團剩下的殘餘氣體開始冷卻，形成小冰石。其中一個小石塊迎面而來，以迅雷不及掩耳的速度移動，正當喬志要開口警告艾瑞克的時候，石塊撞上了窗子玻璃，發出震耳欲聾的聲音，似乎整間房子都跟著搖晃。

喬志嚇得從沙發上跳起來，對艾瑞克大叫：「**那**是什麼呀？」

「糟糕。」艾瑞克在卡斯摩的鍵盤上敲了幾下。「抱歉，我沒想到會迎面飛來。」

「你該小心一點的。」卡斯摩生氣地說：「這已經不是第一次發生意外了。」

「發生什麼事了？」喬志緊抓安妮留在沙發上的泰迪熊，覺得暈頭轉向。

「我們被一顆小彗星擊中了。」艾瑞克滿臉通紅地認錯：「各位，對不起，我不是故意的。」

「一個小什麼？」喬志沒聽清楚，又問了一遍，整個人覺得天旋地轉。

　　艾瑞克在卡斯摩的鍵盤上敲了幾個指令，宣布：「我想今天到此為止。喬志，你還好吧？」艾瑞克摘下眼鏡，仔細檢查喬志的臉龐，擔心地說：「你的臉色有點發白。唉，我還以為這趟宇宙之旅會很有趣。」接著往廚房喊：「安妮！幫喬志倒杯水。真是的！」

　　安妮踮著腳走進來，小心翼翼端著一杯水，有些水已經灑出來了。肥弟緊跟在一旁，一臉崇拜地看著安妮。

　　安妮把水遞給喬志，貼心地告訴他：「不要擔心。我第一次參加宇宙之旅的時候也搞得頭昏腦脹。」安妮轉身，一聲令下：「爸！該讓喬志回家了。他今天看到的宇宙景象也夠多了。」

　　「我想也是。」艾瑞克憂心忡忡。

　　「可是，宇宙之旅那麼有趣，我不能再多看一會兒嗎？」喬志抗議。

　　「不行，真的不行。今天這樣就夠了。」艾瑞克說道，

趕忙穿上夾克。「我現在帶你回家。卡斯摩，你看一下安妮。來，喬志，帶著你的豬，咱們走吧。」

「我可以再來嗎？」喬志急忙問道。

艾瑞克本來忙著穿外套、穿鞋、找鑰匙，這時停了下來，帶著微笑說：「當然可以。」

「可是你要發誓，絕不能跟任何人提起卡斯摩的事。」安妮補充。

「這是個祕密嗎？」喬志興奮異常地問道。

「是的，這是一個宇宙超級大的祕密，比你以前所知道的祕密都還要大上無限億萬兆倍。」

艾瑞克嚴厲地告誡安妮：「安妮，我跟妳說過，不要再用這種誇張的形容了。現在，跟喬志和他的豬說再見吧。」

安妮笑眯眯地揮手說再見。

「喬志，再見。感謝你使用我的超級功能。」卡斯摩說。

「謝謝你，卡斯摩。」喬志彬彬有禮地回話。

艾瑞克帶著喬志和肥弟穿過走廊，走出前門，回到現實世界。

※註：英文裡的星球或星星（star）指的就是像太陽一樣的恆星，行星（planet）和星球則有所不同。

第六章

　　隔天在學校，喬志腦袋裡想的都是在艾瑞克家看到的宇宙奧祕——巨大無比的星雲、外太空、迎面飛來的岩塊！還有全世界最偉大的電腦卡斯摩！喬志的爸媽連一台最陽春的電腦都不讓他買了，昨天在鄰居家看到的祕密，無疑讓喬志大開眼界。喬志一想到這些祕密就藏在隔壁鄰居家裡，就覺得好像在作夢，特別是現在他又回到百般無聊的課堂上。

　　喬志用彩色鉛筆在課本上塗鴉，想畫出艾瑞克那台可以憑空蹦出一個窗戶、完整秀出星星的誕生和死亡的電腦。唉，討厭的是，儘管喬志把卡斯摩的樣子記得一清二楚，畫出來的東西卻完全走樣。他不斷

塗塗改改，到最後，整頁課本看起來像鬼畫符。

「哎喲！」喬志大叫。不知道哪個討厭鬼冷不防丟一個紙團過來，正中喬志的後腦勺。

「喬志，原來你今天整個下午都在教室裡跟著我們一起上課，不錯嘛！」瑞普老師語帶諷刺。

喬志抬起頭來，瑞普老師就站在他面前，透過那副髒兮兮的眼鏡打量喬志。他的夾克上有一大塊藍色墨水漬，讓喬志想起星星爆炸的情景。

「除了剛才那聲『哎喲』之外，你還有什麼想跟全班說的？」瑞普老師質問喬志，瞄了他的課本一眼。喬志急忙把課本蓋住。

「沒有啊。」喬志尖聲回答，聲音聽起來乾乾的，好像喉嚨被什麼卡住似的。

「難道你不想說『親愛的瑞普老師，這是我花了一整個星期拚命寫出來的作業』？」

「嗯，我⋯⋯」喬志糗得不知怎麼回答。

「或者是『瑞普老師，我把您上課講的每個字都聽進去了，也記下來了，而且附上心得。這是我完成的作業。您看了之後應該會很高興』？」

「嗯⋯⋯」喬志嘀咕，心想要怎麼找台階下。

「你當然不會這麼說。畢竟，我是那個站在講台上、每天講課給自己聽的老師，從來不能期望學生從我這裡學到什麼有用的東西。」瑞普老師尖銳地說。

「我**有**聽課。」喬志抗議，罪惡感油然而生。

瑞普老師這下子可抓狂了，說：「你不用強辯，也不用討好我。那是沒有用的。」他冷不防地對全班大叫：「把東西給我。」這突如其來的一聲吼叫快得像陣風。大家都還搞不清楚是怎麼回事，瑞普老師已經從後排一個男生那裡搶來一支手機。

瑞普身上穿的是粗毛線羊毛外套，可是他講話的語氣好像一百年前的古人。平時，那些友善的老師，學生總是有膽子捉弄，可是碰到瑞普老師，學生可是怕死他了，沒人敢開

他玩笑。瑞普是新來的老師，剛來沒多久。第一天上課，他兩眼一瞪，全班馬上鴉雀無聲。他既不時髦，也不友善，從不對學生表示關心，所以他班上的同學總是很守規矩、按時繳交功課。只要他走進教室，就算是最坐沒坐相、最叛逆的學生，也會馬上挺身乖乖坐好，一句話也不敢吭。

　　瑞普辦公室門上的名牌寫著「G・瑞普老師」，學生因此幫他取了一個綽號，叫「鬼普」。也有人叫他「神出鬼沒的瑞普」，因為他總是神不知鬼不覺地出現在一些奇怪的角落。一旦鬼普察覺有人在惡作劇，就會帶著厚鞋底發出的**啾啾聲**、身上微微的過期菸草味，在大家還來不及反應前現身，興奮地搓著傷痕累累的雙手，準備狠狠教訓那些調皮搗蛋的學生。至於鬼普手上那些紅色、像鱗片的燙傷疤痕是怎麼來的，沒人知道，也沒人敢問。

　　「好吧，算你有聽課。」鬼普把沒收的手機放進口袋。「那麼，你可以跟大家說說你整個早上畫的傑作代表什麼意思嗎？」

　　「這是……嗯……這是……」喬志低聲說，感覺耳朵紅地發燙。

　　鬼普命令：「大聲點。你大聲一點！」他拿起喬志畫的

卡斯摩給全班看，說：「我們大家都迫不急待地想知道這是什麼。不是嗎？」

底下的學生個個暗自竊喜，很高興是別人被鬼普找麻煩，不是自己。

喬志當下真是恨死鬼普了。憤怒讓他忘了在全班面前丟臉的恐懼，同時，也把自己對艾瑞克的承諾遠遠拋在腦後。

他深紅頭髮底下的藍眼珠堅決地盯著鬼普，大聲回答：「我畫的是一台很特別的電腦，可以讓你看到宇宙正在發生的事。電腦是我朋友艾瑞克的。外太空有很多很不可思議的事情，例如星球、行星、金子和其他東西，時時刻刻在飛來飛去。」喬志說到最後開始亂扯，艾瑞克根本沒說外太空有金子。

第一次，鬼普在班上啞口無言地愣住了——他手上拿著喬志的課本，看著喬志，吃驚得下巴都快掉下來了。鬼普在喬志耳邊私語：「所以，這台電腦真的可以用。你見過這台電腦。太不可思議了……」過了一會兒，鬼普有如大夢初醒，啪地一聲合上喬志的課本，還給他，走到教室前方。

「因為你們今天表現不佳，我要你們罰寫一百行。每個人給我整整齊齊地在簿子上寫：『**我以後不會在瑞普老師的課堂上用手機傳簡訊，因為我專心聽他講課；他的課好有趣。**』寫一百遍。下課鈴響，還沒寫完的同學要留下來。好，現在開始。」

全班怨聲載道。喬志的同學本來準備看喬志的好戲，看老師怎麼修理他，沒想到他竟然沒事，全班卻因為手機的事

被懲罰。

「老師，可是這不公平。」一個坐後排的男生發起牢騷。

「人生也不公平。這可能是我給你們上的最實用的一課了。現在，我很高興你們已經學會。同學們，繼續寫。」鬼普幸災樂禍地說完，坐回辦公桌，

拿出一本寫滿複雜方程式的書，啪嗒啪嗒地翻閱，不時有所領悟地點點頭。

喬志背後被尺戳了一下。芮國低聲說：「都是你惹的禍。」芮國是班上的惡霸，就坐在喬志後面。

「**不要吵！**講話的人被我抓到，要罰寫**兩百遍**。」鬼普發出如雷聲的警告，繼續看他的書，頭抬也沒抬。

喬志的手在作業本上快速移動，下課鈴一響，剛好整整齊齊地寫完一百行。他先小心撕下塗鴉的那一頁，折起來塞

入褲子口袋，才把作業簿交到鬼普桌上。但他走沒兩步，就
被鬼普在走廊上逮個正著。鬼普用手臂擋住他的去路。

　　「喬志，這台電腦是真的，對吧？你看過它是不是？」
鬼普一臉嚴肅，眼神讓人害怕。

「嗯，那我是亂說的。」喬志連忙解釋，扭著身子想辦法脫身，他真希望先前沒說出卡斯摩的事。

「喬志，那台電腦在哪裡？」鬼普低聲緩緩問道：「跟我說這台神奇的電腦在哪裡。這個很重要。」

「根本**沒有**這台電腦。是我編的，它根本不存在。就這樣。」喬志勉強從鬼普的魔爪中掙脫。

鬼普若有所思地看了喬志一眼，然後用很恐怖的語氣，低聲警告喬志：「小心點，你給我小心一點。」說完，就走開了。

第七章

　　從學校回家的路漫長又炎熱。沒想到初秋的太陽還是那麼大，熱氣照在柏油石子路上，柏油路面走起來軟軟黏黏的。喬志拖著沉重的腳步走在人行道上，車子沿路呼嘯而過，留下難聞的廢氣。某些高級車後座坐著學校的書呆子，爸媽載他們回家時，他們就坐在後頭看DVD。其中有些學生對喬志扮鬼臉，笑他必須自己走路回家。有些人則興高采烈地對他揮手，好像他眼見他們坐著耗油的大車揚長而去會很高興似的。但是沒人停下來讓喬志搭便車。

　　不過，喬志今天一點也不在乎，他相當高興自己一個人回家。這兩天發生太多事了，他需要靜一靜，回家的路上剛好可以慢慢想。他腦子裡全是太空的星雲、大爆炸、花好幾百萬年才誕生的星星；他的思緒還停留在遙遠的宇宙，壓根忘了地球上周遭發生的事。

「喂！」喬志背後一個叫聲把他拉回現實。他希望那只是某人的叫喊聲或是街上偶然的噪音，跟他一點關係也沒有。他將書包緊緊抓在胸前，稍微加快腳步。

「喂！」帶著怒氣的呼聲又出現了。這次距離近多了。喬志忍住好奇，不回頭看，並加快速度前進。馬路一邊是主要幹道，人來人往，相當熱鬧；另一邊是公園，發育不良的樹木稀稀落落地排列，毫無藏身之處，躲進小樹叢更是個注定失敗的點子。被身後這群人逮個正著是喬志最不願意遇到的事。喬志很害怕，越走越快，心也怦怦跳個不停。

「阿志仔！」喬志聽到這聲叫喊，全身血液為之凝結。他最不希望發生的事還是發生了！平日，為了確保回家的路

上安全無虞、不被班上的惡霸找麻煩，放學鐘聲一響，他就趁班上大塊頭、動作慢的男生還在衣帽間裡彈橡皮筋，率先衝出校門。聽說，芮國和他的小囉嘍曾經在放學的路上抓住其他同學，對他們做了許多令人不寒而慄的事，包括：把眉毛刮掉、倒吊、全身塗泥巴、脫得只剩一條褲子吊在樹上、噴上沒辦法洗掉的墨汁、幫打破玻璃的芮國揹黑鍋等等。

　　可是在這個陽光燦爛、昏昏欲睡的秋天下午，喬志犯了一個致命的錯誤。他走路回家時實在走得太慢了，讓芮國那伙人有機可乘。他們很氣喬志害他們被鬼普罰寫，現在正緊

緊跟在喬志後面，準備好好報復一番。

喬志放眼四周，前面有一群媽媽推著嬰兒車正準備過十字路口，路口有位導護阿姨在指揮交通。喬志急急忙忙往前跑，努力混進媽媽和嬰兒之中，躲在嬰兒推車之間。趁著導護阿姨舉起黃色號誌、車子停下讓行人通行時，喬志從容地穿越馬路，假裝自己跟這群媽媽和嬰兒是一起的。他心裡清楚，這騙不了人。不過，就在他經過導護阿姨面前時，阿姨對他使個眼色，小聲對他說：「別擔心，我會幫你擋一下。趕快跑回家，別讓那些壞孩子逮到。」

喬志成功來到馬路另一頭。出乎意料，導護阿姨把號誌靠著一棵樹，站在一旁，回頭瞪著芮國那群人。這時，車輛又開始通行；喬志開溜時，聽到芮國語帶威脅的叫囂聲。

「嘿！我們要過去。我們要回家……寫功課……。妳不讓我們過去，我就跟我媽說。她會回來找妳……她會跟校長講……她會……」

「我看你還是管好你自己吧。」導護阿姨嗆回去，帶著圓形的指揮號誌慢慢走開。

喬志雖然離開大街，身後砰砰砰的腳步聲卻說明芮國他們知道他往哪裡去。喬志沿著一條長長的小巷賣力跑去，兩

旁行道樹後方是大戶人家的後院；看來四下不會再有其他大
人出面替他解圍了。

喬志試了籬笆內的幾戶人家，可是門都鎖得死
死的。他驚慌地環顧四周，突然靈光一閃，
抓住一棵蘋果樹低垂的樹枝，奮力
一蹬，攀上籬笆，再翻牆一

跳，掉進一大片樹叢裡。結果他被密密麻麻的刺刮得滿身是傷，制服也被撕得破破爛爛。正當他在灌木叢裡暗暗呻吟，籬笆另一頭傳來芮國和他黨羽經過的聲音。他們正在討論，逮到喬志後要怎麼讓他好看。

喬志一動也不敢動，直到他確定芮國一伙人走遠。此時，他的上衣無可救藥地被樹叢的刺鉤住。他得先設法把上衣脫掉，才成功擺脫糾結的樹枝。不過，褲子口袋裡的東西散落一地，喬志在地上亂扒，把他珍愛的小玩意收一收，從矮樹叢來到一片綠意盎然的草坪。草坪上，正在躺椅上享受日光浴的女士一臉驚訝，摘下太陽眼鏡看了喬志一眼，用悅耳的聲音跟他打招呼：「Bonjour！（早安，法文）」然後指著房子說：「往『遮』裡走，『遮』個門沒鎖。」

「喔，Merci（謝謝）。」喬志擠出他唯一會講的一句法文，從她面前跑過，補上了一句「嗯，不好意思」，便沿著屋旁一條小徑，穿過大

門，來到街上，往回家的路走去。只是他把左腳扭了，一拐一拐地跛著腳走在靜悄悄的街上，而且很不幸，這陣寧靜並沒持續很久。

「他在那裡！**阿志仔！我們來抓你回去了！**」一個叫聲傳來。

喬志擠出最後一點力氣，試圖讓雙腳動得快一點，可是他覺得自己好像在流沙裡吃力地爬著。雖然家近在咫尺，也看得到家那條巷子，但芮國他們就要追上來了。喬志拖著雙腿賣力往前，就在他整個人快癱軟在人行道上時，終於來到了轉角。

「**我們要把你宰了！**」芮國在他背後大叫。

喬志拖著蹣跚的步伐，搖搖晃晃地往下走。這時，他的呼吸變得不大順暢，大口大口的空氣在他的肺進進出出；為了躲芮國弄來的抓傷、淤青和紅腫隱隱作痛；喉嚨乾得像火在燒。喬志累透了，不能再走了。不過，也不用再走了，因為他已經來到家門口。他往綠色的前門走去，不需再擔心會被芮國那伙壞胚子揍成肉泥或被整得更慘。沒事了，現在只消把手伸進口袋、掏出鑰匙、打開前門，一切就搞定了。

可是，鑰匙不在口袋裡。

喬志翻出口袋，裡頭都
是他的寶貝——一顆七葉
樹果實、一枚外國硬幣、
一段線頭、一團黏土、紅
色跑車模型、一團毛球。
什麼都有，就是沒看到鑰
匙。唉，一定是他翻牆的
時候掉在樹叢裡了。
喬志按了門鈴，叮
咚——叮咚，希望
老媽今天早點回家，
幫他開門。**叮咚——**
叮咚，他又按了一次，仍然沒人應門。

　　看到喬志站在家門口，芮國知道喬志逃不出他手掌心，
臉上露出邪惡的笑容，大搖大擺地往喬志走去，身後的小瘪
三也是一臉凶神惡煞，準備打得喬志滿地找牙。

　　喬志無處可逃，只好閉上眼睛，背貼著他家前門，想到
即將到來的悲慘命運，胃不禁一陣痙攣。他想說點什麼，讓
芮國打消念頭，可是現在腦筋一片空白，況且告訴芮國打架

會惹上麻煩，一點意義也沒有。芮國早知道打架的後果，這對他卻從來沒有嚇阻的作用。不過，腳步聲這時竟然停了下來。喬志睜開一隻眼睛，瞧瞧究竟是怎麼回事。原來，芮國和他手下停下來討論要怎麼處理他。

「不！這個方法太遜了！把他壓在牆上，直到他求饒，要我們放他一條生路為止！」正當芮國大聲宣布要如何修理喬志時，一件神奇的事發生了，他們事後都不確定自己是否作了一場夢。

喬志家隔壁房子的大門突然打開，一個穿著白色太空衣、戴著圓形玻璃頭盔、背著無線電設備的小太空人蹦出來，落在街道正中央，以空手道的架勢，雄赳赳地準備應戰。事情發生得實在太突然，芮國他們嚇得不知所措，每個人都往後退一步。

太空人發出奇怪的金屬人聲，命令道：「退後，不然我會對你們下外星人的詛咒——你們的皮膚會變成綠的，你們的腦袋會起泡，腦汁會從耳朵和鼻子流出來，骨頭會變成橡膠，全身長滿疣。你們只能吃菠菜和花椰菜，永遠不能看電視，只要一看電視，眼珠子就會掉出來。看招！」太空人大顯身手，在芮國他們面前比畫比畫，那幾下拳打腳踢看在喬

志眼裡很是熟悉。

　　芮國一伙人嚇得面無血色，嘴巴張得大大的，踉蹌地往後退。看來他們真的嚇壞了。

　　「進屋去吧。」太空人對喬志說。

　　喬志溜進隔壁屋子裡。他一點都不怕這個小太空人，因為他從玻璃頭盔瞥見一縷金髮。看來，是安妮救了他一命。

第八章

「噢！」小太空人鬆一口氣，跟著喬志進屋，笨重的太空鞋一個後踢，把前門關上。「裡面好熱。」脫下圓形玻璃頭盔，長長的馬尾露出來──果然是安妮。因為穿著笨重的太空衣跳來跳去，她的臉看起來白裡透紅。「你看到他們嚇得落荒而逃的樣子嗎？」安妮笑著問，一邊用衣袖擦去額頭的汗水。「你看到了嗎？」她大步穿過走廊，一路上太空衣發出鏗鏗鏘鏘的撞擊聲。「進來吧。」

「嗯，有啊。我看到他們簡直嚇得屁滾尿流。謝謝妳。」喬志回答安妮，然後跟著她來到了昨天和艾瑞克一起看「星星的誕生和死亡」的房間。喬志以

為他再看到卡斯摩會很高興，但他現在的心情糟得不得了；他之前已經跟艾瑞克保證會守住卡斯摩的祕密，今天上課卻不小心說溜嘴，跟瑞普老師提起了卡斯摩。而且，從學校出來一路被惡霸追殺，最後竟然被穿太空衣的小女孩解救，整個過程讓人餘悸猶存。今天真是夠慘的。

相反地，安妮還相當陶醉在剛才「行俠仗義」那一幕。「你覺得怎樣啊？」安妮一邊問喬志，一邊把連身太空衣摺好。「這件太空衣是全新的，剛從郵局領回來。」地上的紙箱上貼滿郵票，寫著「太空冒險世界」。旁邊有一件較小的粉紅色太空衣，縫滿裝飾用的金屬片、徽章、緞帶，又髒又舊，還有補釘。安妮炫耀地說：「那件是我以前的太空衣。我很小的時候就有了。我以前喜歡把所有裝飾品都弄上去，以為那樣很酷。現在，我比較喜歡單色的太空衣。」

「妳為什麼會有太空衣？是參加化妝舞會的時候用的嗎？」喬志不解地問。

「但願如此！」安妮給喬志一個白眼，然後叫道：「卡斯摩！」

「怎麼了，安妮？」電腦卡斯摩關心地問道。

「你這台品種優良、體型完美的電腦！」

2005年1月12日，「深擊號」（Deep Impact）太空船從美國佛羅里達州的卡納維爾角發射升空（右圖）。太空船上裝載一個「撞擊器」（左圖），準備發射去撞擊彗星「譚普一號」（Tempel 1），以便研究彗星的組成。彗星是早期太陽系形成時所留下的殘餘，所以瞭解彗星的組成內容，可獲得更多關於太陽系歷史的資料。

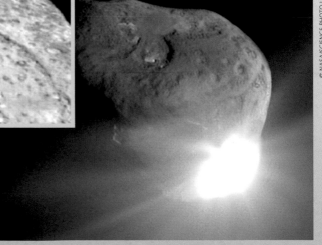

這張彗星譚普一號的照片，是撞擊器以超過每小時36,000公里的速度，往目標巡航時所拍攝下來的。撞擊時間是2005年7月4日。

在撞擊器擊中譚普一號的1.67秒後，深擊號拍下這張彗星表面爆炸的照片。

有史以來最大、最詳盡的全彩土星照片。

透過攜帶型望遠鏡從地球觀看土星所攝的照片。

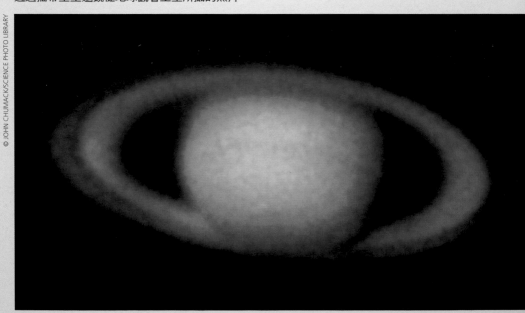

泰坦（Titan，土衛一）是土星最大的衛星，也是目前太陽系中唯一有一層厚厚的大氣層的衛星。這張照片是透過紅外線拍攝。

瑞雅（Rhea，土衛五）是土星第二大衛星，地質看起來並不怎麼活躍。

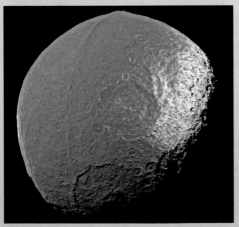

亞佩特斯（Iapetus，土衛八）是土星第三大衛星。照片中大部分佈滿坑洞的黑暗區域，稱為「卡西尼暗區」（Cassini Regio）。

© NASA/SCIENCE PHOTO LIBRARY

黛奧尼（Dione，土衛四）是土星第四大衛星，表面主要由水冰組成。

© NASA/SCIENCE PHOTO LIBRARY

特提斯（Tethys，土衛三）是土星第五大衛星，同樣也是由水冰組成。

© NASA/JPL/SPACE SCIENCE INSTITUTE/SCIENCE PHOTO LIBRARY

恩色拉多斯（Enceladus，土衛二）是土星第六大衛星。這張照片是透過紫外線、綠光和紅外線所拍攝的。恩色拉多斯的表面溫度約為攝氏零下200度，但是表面下可能有水。

溫 度

 地球表面的平均溫度：攝氏15度

 地球史上最低溫度：攝氏零下89度，於1983年7月21日在
南極洲的佛斯達克（Vostok）測得

 地球史上最高溫度：攝氏58度，於1922年9月13日在非
洲利比亞的阿齊濟耶（Al 'Aziziyah）測得

 月球表面溫度：
白天平均溫度：攝氏110度；
夜間平均溫度：攝氏零下150度

 太陽表面溫度：攝氏5,500度

 太陽核心平均溫度：攝氏1500萬度

 外太空平均溫度：攝氏零下270.4度

「噢——安妮！」卡斯摩的螢幕閃閃發光，像是臉紅了。

「喬志想要知道為什麼我有太空衣。」

「安妮的太空衣可以讓她到外太空漫遊。外太空很冷，
約零下兩百七十度，如果她沒穿太空衣，不到一秒就會凍成
冰塊了。」卡斯摩回答。

「嗯，可是……」喬志還是沒有抓到重點，話沒說完又
被打斷。

「我和爸爸常在太陽系裡面旅行。有時候媽媽也會一起去，可是她不是那麼喜歡去外太空。」安妮邊解釋、邊炫耀。

喬志生氣地說：「妳才沒去過外太空呢。搭太空梭才能到外太空。他們不可能讓妳登上太空梭的，因為他們不知道什麼是事實、什麼是妳瞎編的。」喬志覺得受夠了，再也不想聽這些蠢話。

安妮一臉吃驚，嘴巴張得開開的。

喬志繼續說：「妳老是說些關於芭蕾舞者或太空人的蠢事，妳爸和卡斯摩只是假裝相信妳。他們打從心裡一點也不相信妳說的話。」說完，喬志覺得又累又熱，只想喝杯茶。

安妮的眼睛眨啊眨的，藍色的眼睛泛著淚光。「我才沒編故事呢。」安妮氣憤的圓臉越漲越紅。「我沒有，我沒有說謊。我說的都是真的。我沒編故事。我**真的**是芭蕾舞者。我**真的**去過外太空。」安妮蹜到卡斯摩面前。「不信，我現在就弄給你看，而且你也一起來，這樣你就會相信我說的是真的。」安妮從一個紙箱翻出另一件太空衣，丟給喬志，命令他：「把衣服穿上。」

「噢噢，事情不妙。」卡斯摩小聲說。

安妮站在卡斯摩前面，用力敲著鍵盤。「我要帶他去哪

裡？」安妮問。

「我不贊成妳這麼做。要是妳爸爸在，他會怎麼說？」
卡斯摩警告安妮。

「他不會知道的。」安妮馬上反駁卡斯摩：「我們去去
就回來，只花兩分鐘。拜託啦，卡斯摩！」安妮哀求著，眼
眶已經泛滿淚水。「每個人都覺得我在編故事，可是我沒
有！太陽系的事情是真的。我要讓喬志看一看，讓他知道我
不是在胡說八道。」

「好吧，好吧。」卡斯摩趕緊說：「但請不要把鹹水滴
在我的鍵盤上，那會腐蝕我的身體。說好喔，你們只能用看
的，誰也不能跑到外太空去。」

安妮轉身面對喬志。只見她一臉凶巴巴，眼淚仍撲簌簌
地流個不停。她質問喬志：「你要看什麼？你對宇宙什麼東

81

西最感興趣？」

　　喬志想破腦袋也想不出來；眼前的情況讓他丈二金剛摸不著頭腦。他絕不是故意要讓安妮這麼難過的，他著實不想看她掉眼淚。況且艾瑞克昨天才跟他說安妮沒有惡意；今天，喬志就對她惡言相向。想到這裡，喬志覺得很對不起艾瑞克；心想，順著安妮或許比較好。

　　於是，他回答：「彗星。我覺得彗星是宇宙最有趣的東西。」回想起上次觀賞「星星的誕生和死亡」的結尾，石塊砸上窗子的事。

　　安妮在卡斯摩的鍵盤鍵入「彗星」兩個字。

　　「快點，喬志！把太空衣穿上，等一下會變得很冷。」安妮邊命令喬志，邊按下了 ENTER 鍵……

第九章

眼前陷入一片漆黑。一道細細的光束從卡斯摩的螢幕
射入書房半空中，盤旋片刻後，從地面往上畫了一條直線，
左轉延伸，再轉了兩個彎回到原點，形成一個長方形。只不
過，這次不再是一扇窗。

「你看！卡斯摩畫了一道門！」喬志終於看出端倪。

「我不只是畫了一道門，我是**做**了一道門。我比你想
的聰明多了。」卡斯摩傲慢地說：「這是一道入口，通
往……」

「噓！卡斯摩，別說了。讓喬志自己看。」安妮這時又
戴上頭盔。從頭盔內建通話器傳出來的聲音，跟嚇壞芮國一
伙人的怪聲一模一樣。

喬志努力把自己塞進安妮丟給他的厚重白色太空衣裡，
並戴上玻璃頭盔。太空衣背部附有一支小空氣瓶，經由一條

管子把空氣送進頭盔，喬志就可以正常地呼吸了。接著，喬志穿上安妮扔給他的太空靴，戴上太空手套，往前跨一步，小心翼翼地推了門一把。門驟然打開，眼前一片無邊無際的星空，佈滿數百顆閃閃發亮的小星星。其中一顆比其他星星還要亮、還要大。

「哇塞！」喬志的讚嘆聲從通話器傳出來。喬志上回觀賞「星星的誕生和死亡」時，已經透過窗子見識到外太空的種種奧妙。這一次，喬志和外太空中間沒有任何隔閡，外太空近在眼前，好像只要踏出這道門，就可以在外太空漫步似的。可是，這是哪裡呢？這小小一步會把他帶到哪裡？

「這是哪裡啊……？是什麼呢……？要怎麼做……？」喬志吃驚得連話都說不清。

「你看到那顆亮晶晶的星星嗎？所有星星裡最亮的那顆？」喬志聽到卡斯摩為他解答：「那顆星星是太陽，我們的太陽。你現在看到的太陽比你在地球上看到的還要小，因為跟地球比起來，你眼前這道門通往太陽系一個離太陽較遠的點。我之所以選擇這個觀察點，是因為有顆大彗星會接近我們。再過幾分鐘，就會看到了。請退後。」

喬志往後退了一步。站在喬志身旁的安妮卻一把抓住喬

志的太空衣，把他往前推。

「請退後。一顆彗星即將靠近。彗星以全速前進，請勿靠門邊站立。」卡斯摩宣布，語氣有如月台上的廣播——火車即將進站，各位旅客請勿靠近月台邊。

安妮用手肘輕推喬志，用腳朝門口指，好像在暗示什麼。

「請退後。」卡斯摩再次警告。

「當我數到三⋯⋯」安妮先舉起一隻手指頭。喬志可以看到門外一顆巨大的石塊向他們逼近。比起上次看「星星的誕生和死亡」時砸到窗子的那顆小彗星，眼前這顆彗星實在是大太多了。

安妮彎下一根手指頭，表示現在數到二了。灰白色的大石塊越靠越近。

「這顆彗星不會停下，而會直接穿過太陽系。這趟旅程歷時約一百八十四年，其間會經過土星、木星、火星、地球和太陽；回程會經過海王星及冥王星。」卡斯摩解釋。

「最了不起的卡斯摩，我們降落在那顆彗星後，可以請你加快旅程嗎？不然我們要花好幾個月才能看到你說的那些行星！」

冥王星

- 在2006年8月以前，一般公認有9顆行星環繞太陽：水星、金星、地球、火星、木星、土星、天王星、海王星和冥王星。當然了，這九個天體都還存在，而且跟從前一樣沒變。但是在2006年8月，國際天文聯合會（International Astronomical Union）決定不再將冥王星稱作行星，而改稱為矮行星。

- 這是因為行星的定義已經改變。現在，宇宙中任何稱作行星的天體必須符合下面3項條件：
  1）它的位置一定要位於環行太陽的軌道上。
  2）它一定要夠大，運用本身的重力維持近乎球狀。
  3）繞著太陽運轉時，它的重力必須能吸引附近所有物體，保持鄰近的軌道清空。

- 根據這個新定義，冥王星不再是行星。那冥王星是否繞行太陽呢？是。冥王星的形狀是否接近球形並且維持？是。冥王星環繞太陽的軌道是否清空？否：軌道上有許許多多的岩石。冥王星不符合第三項條件，所以從行星被降級為矮行星。

- 其他8個行星符合這3項條件，保住行星的地位。對於行星和太陽以外的恆星而言，還必須符合國際天文聯合會開會訂出的另一項條件：行星經過演化後不至於大到變成恆星。

- 環繞太陽以外恆星的行星稱作「系外行星」。到目前為止，已經觀察到240顆以上的系外行星。大部分系外行星都很大──比地球還大。

- 2006年12月，一顆名為「科羅特」（Corot）的人造衛星發射進入太空，上面搭載的探測器應能發現較小、體積約為地球2倍大的系外行星。2007年，就有這樣一顆系外行星透過其他方式被發現，命名為「葛利斯581 c」（Gliese 581 c）。

不等卡斯摩回答，安妮大喊「三！」，然後抓起喬志的手往門口衝去。

「不要跳！危險！回——來。」卡斯摩的聲音聽起來好遠好遠——這是喬志最後聽到的聲音。

周遭陷入一片寂靜。

第十章

芮國和他的手下仍傻傻地佇在街上，好像被一股無形的力量釘在那裡似的。

「那是什麼東西啊？」一個骨瘦如柴、叫暉痞的男孩問。

「哪知。」一個大塊頭的男孩搔著頭回答。他是探克。

「不管啦，反正**我**是沒在怕的啦。」芮國不服輸地說。

「我也沒有。」其他人連忙應和。

「我才要跟那個太空怪物理論，他就先閃人了，實在太

沒種了。」

「對，對，對，沒錯，芮國，是這樣沒錯。」芮國同伙的每個人都點頭如搗蒜。

「所以，我認為……」芮國指著一個新加入的成員說：「**你**，應該去按門鈴。」

「我？」那個男孩倒抽一口氣。

「你剛剛說你一點都不怕。」芮國說。

「我才不怕！」那個男孩拉高嗓音回答。

「所以你可以去按門鈴。」

「為什麼不是你去按？」新來的男孩反問。

「因為是我先叫你按的，去吧。」芮國瞪了他一眼，問：「你到底還要不要在這裡混下去？」

「要啊！」那個男生回答，心想到底哪個比較糟──碰到太空人且慘遭外星人的毒咒，還是把芮國惹毛？最後，他選擇了太空人，畢竟，他不用每天在學校碰到太空人。帶著忐忑不安的心情，他緩緩走向艾瑞克家的前門。

「賜特，按下門鈴就對了。乖乖照做，否則就把你踢**出去**。」芮國命令。

「好啦。」賜特嘀咕。他除了不喜歡做替死鬼，也不怎

麼喜歡這個幫派幫他取的名字「賜特」（Zit，青春痘）。

賜特的手指在門鈴上徘徊。在場所有人都退後了好幾步。

「芮國，如果太空人來開門，要怎麼辦？」有人突然問。

「**如果太空人來開門，要怎麼辦？**」芮國一邊重複問題，一邊想要怎麼辦。連芮國也失去平常作威作福、自信滿滿的樣子。他看著天空，腦筋繞著答案打轉。「我們就……」他還沒來得及想到答案，就突然痛得大叫：「唉——呀，我的媽！」一隻手狠狠揪著芮國的耳朵。

一個嚴厲的聲音問：「你們這幾個男生在這裡幹什

麼？」聲音的主人是喬志和芮國的老師瑞普。瑞普緊緊扭著
芮國的耳朵，一點也沒有鬆手的意思。其他男孩看到瑞普老
師在學校之外的地方出現，都嚇了一大跳——他們從沒想過
老師也有自己的生活要過，也會出現在學校以外的場合。

「我們沒做什麼。」芮國尖聲回答。

「我想，你要說的是我們**什麼**都沒做。」瑞普老師用他
那為人師表的口氣糾正芮國的句法。「事情應該沒那麼簡單
吧？你們看起來就像在做一些偷雞摸狗的勾當。如果讓我發
現你們為非作歹，欺負其他弱小同學，像是喬志……」瑞普
老師狠狠地瞪著在場每位同學，看他們是否一聽到喬志的名
字就變得畏畏縮縮的。

「老師，我們沒有，我們沒
有。」芮國連忙否認，很怕
耳朵會被扯斷。「我
們不曾碰過他，我
們沒有。」芮國嚇
得連話都說得七零八
落。「我們追他，是
因為他……」

「便當盒掉在學校了。」暈痞馬上接口。

「所以，我們想要在他到家前把便當盒還給他。」新來
的賜特補充說明。

「那你們把東西還給他了嗎？」瑞普老師露出不懷好意
的笑容，同時稍稍鬆手，讓芮國的耳朵好過一點。

「當我們要還東西給他的時候，他就走進去了。」芮國
即興亂謅，指著艾瑞克家的前門，說：「所以，我們正要按
電鈴叫他。」

瑞普老師突然放開芮國的耳朵，芮國整個人跌在地上。

「他進去了？」瑞普老師以相當嚴厲的語氣質問。芮國
搖搖晃晃地從地上爬起來。

「是的。」他們異口同聲回答。

瑞普老師緩緩地說：「何不讓我把便當盒還給喬志。」
同時從口袋挖出一張皺皺的五英鎊紙鈔，在同學面前晃啊晃。

「誰拿了便當盒？」芮國問。

「我沒有。」暈痞立刻否認。

「我也沒有。」探克結結巴巴地回答。

「那就一定是你了。」芮國指著賜特。

「芮國，我沒有……不是我……我沒拿……」賜特嚇得

不知所措。

「很好。」瑞普老師瞪著這四個人，把錢放回口袋。「看樣子，你們最好全部給我滾？聽到了沒？馬上給我滾！」

瑞普老師一聲令下，所有男生一哄而散，只剩下他獨自一人得意洋洋地站在街上。他左右張望，發現四下無人，便走到艾瑞克家前院的窗子，往窗簾的一個小縫裡瞄，只見兩個形狀可疑的人影，隱隱約約站在一個像是門的東西附近。

「有意思，真是有意思。」瑞普自言自語。

突然，街上的氣溫驟降，好像有一陣寒風從北極吹來。奇的是，這風似乎是從艾瑞克家的前門鑽出來的。瑞普一彎下腰，想要一探究竟，冷風卻停了。他再回到窗前的小縫，那兩個人影已經不見，剛才那道門也沒了。

瑞普點點頭，搓著手低語：「來自外太空的寒風，我多期待的感覺啊。艾瑞克，我終於找到你了！我就知道有一天你一定會回來。」

第十一章

　　喬志跨過門檻，發現自己飄在半空中，既沒往上飛，
也沒往下掉，只是浮在外太空的一片漆黑中。喬志往身後的
門望去，太空裡的那個洞已經合起來了，好像從來不存在似
的。看來，他們已經沒辦法走回頭路了。之前看到的那顆彗
星離他們越來越近。

　　「抓緊我的手！」安妮對喬志大叫。喬志將安妮戴著太
空手套的手越握越緊，他感覺到他們正往彗星的方向墜落，
而且速度越來越快，好像坐在一輛巨大的迴轉車上，順著螺
旋的方向不斷朝大石塊靠近。眼看彗星越來越近了，從他們
腳底下看去，可看到彗星面對太陽的那面閃閃發光；背對太
陽的那面，因為缺乏陽光照射，黑壓壓的一片。盤旋一陣後，
他們終於著陸，落在一層由厚冰岩疊成的石堆上。好險他們
落在彗星的亮面，看得到周遭的環境，否則就麻煩了。

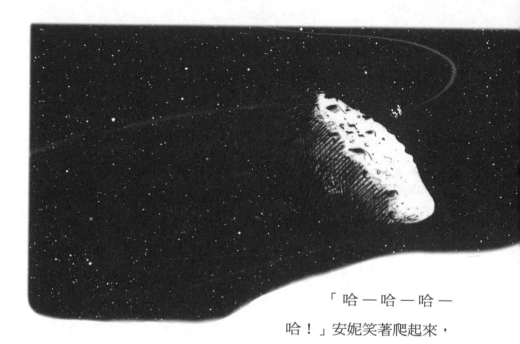

　　「哈 — 哈 — 哈 —
哈！」安妮笑著爬起來，
順手也把喬志拖起來，還幫他拍掉身上的髒冰塊和碎石片。
「怎樣？你現在相信我說的話了吧？」

　　「我們在哪？」喬志問道。這時候，喬志已經訝異到忘
了要害怕；同時，他也注意到自己變得輕飄飄的。環顧四
周，他看到石頭、冰、雪和一片黑，而自己好像站在一顆髒
兮兮、被丟進外太空的大雪球上。耀眼奪目的星星到處都
是，發出火焰般的光芒，和地球上看到一閃一閃的點點星光
很不一樣。

「我們現在正在彗星上冒險。這是真的，不是蓋的。」安妮回答。

「對啊，這不是妳編出來的。」喬志不得不承認，同時尷尬地拍著安妮的太空衣，一邊對她說：「對不起，我應該相信妳的。」「沒關係。」安妮大方地原諒他：「因為說出來也沒人相信，我才要帶你來看看。」安妮揮著一隻手說：「看那邊！等一下你就會看到太陽系的行星了。」緊接著，她從太空衣的口袋拉出一條繩子，繩子尾端有個像帳棚釘的釘子。她用太空靴把釘子敲進彗星表面的冰塊。

喬志看安妮忙著固定他們兩人，興奮得忍不住手舞足蹈起來。在地球上，穿著厚重的太空衣顯得笨手笨腳，可是現在，喬志簡直不敢相信自己變得這麼輕，彷彿想跳多高就可以跳多高。他跳過彗星上的一道裂縫，只是這次他掉不下來，整個人往前衝了好幾百公尺，遠到可能再也找不到安妮了……

喬志越飛越遠，他的頭盔傳出求救的聲音：「救命啊！

救命啊！」他雙手在空中用力揮舞，企圖讓自己降落在彗星上，可是這一招根本行不通。安妮現在離他好遠好遠，遠到喬志必須回頭才能看到她。彗星在喬志腳下快速飛過，到處是空洞和小山丘，卻沒有一樣東西可讓他抓住。終於，他開始降落，彗星表面越來越近。他滑落在一塊冰塊上，剛好離彗星光面和暗面的交接處不遠。遠遠地，他看見安妮小心翼翼地往他這邊跑來。

　　「如果你聽得到我的聲音，**不要再跳了！**」安妮焦急地喊：「你如果聽得到我說的話，**不要再跳了！**如果你……」

　　「**我不會再跳了！**」喬志喊著。這時，安妮剛好來到喬志面前。

　　「不要再這樣**跳**了！你都不知道你這麼一跳，可能跳到彗星的暗面。到時候，我可能永遠也找不到你了！現在，站起來吧。鞋底有釘子，可以抓住岩石表面。」安妮的口氣聽起來像個大人一樣，一點也不像喬志在艾瑞克家遇到的那個頑皮鬼。

　　「彗星和地球是截然不同的兩個世界。我們在彗星上的重量比在地球上輕很多，當你用力一跳，就會跳得很遠很遠。看那邊！」安妮解釋到一半，突然改變話題。「我們剛

質量

⊚ 物體的質量和移動物體或改變物體移動方式所需的力量成比例。一個物體的質量通常藉由秤重來測量，但是質量和重量並不同。物體的重量是將它往另一個物體（例如地球或月亮）牽引的力量，而且重量取決於那兩個物體的質量，以及彼此間的距離。你在山上的體重會比較輕，因為你離地心比較遠。

地球　月亮

因為月亮的質量比地球少很多，一個在地球上體重為90公斤的太空人，在月球上只有15公斤。所以，經過正確的訓練，月亮上的太空人能夠打破地球上所有的跳遠紀錄。

⊚ 愛因斯坦是1879年出生的一位德國物理學家。根據他著名的公式 $E=mc^2$（E：能量，m：質量，c：光速），他發現能量和質量是等價的。因為光速相當大，所以愛因斯坦和其他科學家領悟到，這個公式暗示了製造原子彈的可能性——原子彈爆炸時產生的巨大能量是由少許的質量轉換而成。

⊚ 愛因斯坦也發現質量和能量使時空彎曲，產生重力。

好趕上了。」

「我們剛好趕上什麼？」喬志問。

「**那個！**」安妮指著彗星的另一側回答。

彗星後面拖著一條由冰塊和灰塵組成的尾巴，長長的尾巴持續加長。當它越變越長、越長越大，從遠方的太陽吸收到越多光線，看起來就像是好幾千顆鑽石在外太空閃爍耀眼的光芒。

「真是漂亮。」喬志輕嘆。

　　好一會兒，喬志和安妮就靜靜地站在那裡，一句話也沒說。看著彗尾慢慢變大，喬志終於弄清楚，彗尾是彗星亮面許許多多碎片集合而成的。

　　「這石頭正在融化！融化完後會發生什麼事呢？」喬志慌張得不由自主抓住安妮的手。

　　「別擔心。當我們接近太陽時，太陽會慢慢暖化彗星的亮面，冰塊就成了氣體。不過不用操心，這顆彗星的冰塊相當多，多到可以讓我們通過太陽很多次。總之，冰塊底下的石塊不會融化，我們也不會掉到太空去。放心啦！」

　　「我才沒擔心呢！我只是隨口問問。」喬志辯解，連忙把抓緊安妮的手鬆開。

　　「那就問些更有趣的問題！」

　　「像什麼？」

　　「比如說，如果彗尾裡的石頭掉到地球上會怎麼樣？」

　　喬志踢著地上

的泥土，不甘願地發問：「好吧，會怎麼樣？」

安妮讚許地說：「這個問題問得好！石塊進入地球的大氣層時會著火。這時，我們從地球表面往天空看，就會看到所謂的流星。」

他們站著看彗星，直到長長的彗尾消失在天際。然而，看著看著，彗星好像開始改變方向——喬志和安妮背後的星星似乎都在動。

「發生了什麼事？」喬志問。

　　「快點！趕快坐下。我們沒時間了。」安妮用手套很快地把冰塊上的灰塵拍掉，清出兩個位子，然後把手伸進太空衣的另一個口袋，摸出一個像登山鉤的鉤子。「坐下！」安妮再次命令，把鉤子拴進地面，然後從喬志太空衣上的一個帶扣拉出一條長長的繩子，再把繩子牢牢固定在鉤子上。

　　「怕你被打到，所以幫你固定一下。」安妮向喬志說明。

　　「會被什麼東西打到？」喬志問。

　　「其實我也不知道，只是我爸爸通常會這麼做。」安妮

彗星

彗星像個又大又髒、形狀又不怎麼圓的雪球，繞著太陽運行。彗星的組成元素是由早在太陽誕生前就已經爆炸的其他星球所產生的。科學家相信，距離太陽很遠很遠的地方，有超過1,000億顆彗星，等著靠近地球。可是，除非彗星非常接近太陽，近到可以讓我們看到它們閃亮的尾巴（彗尾），否則我們看不到這些彗星。至今為止，人類只觀察到1,000顆左右的彗星。

目前所知的彗星中，最大的彗核直徑超過32公里。彗核就是彗星的核心。

當彗星接近地球時，彗星上的冰會變成氣體，並且釋放包含在其中的塵埃。彗星上的塵埃可能是太陽系最古老的灰塵了。這些灰塵含有60億年前比所有行星誕生都還早的太陽系周遭環境的線索。

在一般的情況下，彗星繞行太陽的軌道離太陽非常遠（比地球還要遠很多），但不時會有彗星往太陽的方向運行。這會產生以下兩種可能：

1）有些彗星會被太陽的重力困住。哈雷彗星（Halley's Comet）就是其中一例。這類彗星繞著太陽不停運轉，直到完全融化或撞到一顆行星為止。哈雷彗星的彗核約有16公里長。當它在接近太陽時，會稍微融化，長出彗尾，所以我們大約每76年可以看到哈雷彗星。哈雷彗星在1986年接近過地球一次。下次接近地球的時間是2061年。有些環繞太陽的彗星週期則長很多，要很久才會接近太陽一次。舉百武彗星（the Hyakutake Comet）為例，它要每11萬年才會接近太陽。

2）有些彗星速度會太快或者不夠靠近太陽，所以一去不復返，像史雲彗星（Comet Swan）就不曾回來過。這些彗星經過地球一次後，開始它們漫長的外太空之旅，往其他恆星前進。這些彗星就如同宇宙漫遊者，它們的星際之旅可長達好幾十萬年，有時候較短，有時候更長。

回答，緊接著在喬志後面坐下，把自己也牢牢綁好。「你喜歡坐雲霄飛車嗎？」

「我不知道。」喬志回答。他從沒坐過雲霄飛車。

「等一下你就知道了！」安妮笑著說。

彗星正在墜落──應該說彗星在改變方向，往下移動。從周遭星星移動的方式看來，彗星墜落的速度很快。可是，喬志一點感覺也沒有，他沒有因此緊張到反胃，也沒有覺得風從耳朵旁颼颼吹過。這跟他想像中的雲霄飛車截然不同。不過，他慢慢瞭解，外太空的狀況和地球相差十萬八千里，不可相提並論。

喬志把眼睛稍微闔上，看是不是有什麼特別的感覺。沒有，一點感覺也沒有。忽然間，他感覺外太空有股強大的力量吸引著他們和彗星，因為彗星的行進方向正在改變，往某個東西靠近。喬志感覺到，這個東西的體積可能比帶著他和安妮穿梭外太空的彗星要大上很多很多。

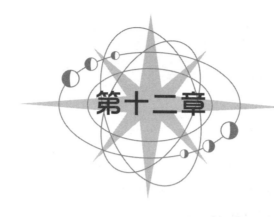

第十二章

當喬志再度睜開眼睛，眼前
是一顆圍著光環腰帶的淡黃色
行星，這顆巨大無比的行星在
安妮和喬志前方，從黑漆漆的天
空緩緩升起。安妮和喬志沿著彗星
表面快跑，想找一個可以俯視光環的
位置。遠遠地看，那些光環像條柔軟的緞
帶，其中某些部分跟行星本身一樣都是淡黃
色，其他部分就比較暗了。

「是土星。我先看到的。」安妮說。

「我知道那是什麼！
妳說妳先看到是什麼意
思？我坐在妳前面，應該

是**我**先看到的吧！」喬志回答。

「才沒有，你嚇得要死，連眼睛都不敢張開！你才沒有在看呢！」安妮的「沒——有」在喬志的頭盔裡迴響。

「沒有，我才不怕呢。」喬志辯解。

「好啦好啦！」安妮打斷喬志，問道：「你知道土星是繞太陽運轉的第二大行星嗎？」。

「我當然知道。」喬志昧著良心說。

「真的?! 那你一定知道最大的行星是什麼。」

「嗯……嗯……是地球,不是嗎?」喬志根本不知道答案,亂說一通。

「**錯!**」安妮打斷喬志。「地球只有一小丁點大,就跟你的笨腦袋瓜一樣小。地球排行第五。」

「妳怎麼知道?」

「我怎麼知道你的腦袋瓜只有一丁點大?」安妮故意捉弄喬志。

「不是,笨蛋!我是問妳怎麼知道那些行星的事?」喬志氣自己拿安妮沒輒。

「因為我到外太空旅行很多很多次了。」安妮把馬尾往後一甩,說:「答案就要揭曉了,你仔細聽好。太陽系有八顆行星繞著太陽運轉,其中有四顆比較大,剩下四顆比較小。這四顆比較大的行星分別是木星、土星、海王星、天王星;另外四顆比較小的行星則是火星、地球、金星和水星。然而,最大的兩顆行星比其他六顆行星實在大太多了,所以被稱為巨行星。土星是巨行星裡的老二,老大是木星。」安妮一邊扳著手指數,一邊解釋。「地球是小型行星裡體積最

大的，可是如果你把這四顆小天體放在一起，它們的總體積還比不上土星。土星的體積是這四顆行星加起來的四十五倍。」

安妮沾沾自喜地炫耀她的行星知識。儘管喬志對安妮自以為是的態度相當不以為然，可是私底下，他相當佩服安妮。比起坐在彗星上觀察太陽系，喬志的世界顯得微不足道——他只知道挖馬鈴薯，跟肥弟在菜園裡瞎混。

當安妮鉅細靡遺地解釋關於太陽系的種種，彗星越飛

越接近土星，喬志可以清楚地看到，土星的光環不是緞帶做的，而是由大大小小的冰塊、岩石、石頭組成——最小的比塵埃還小，最大的長達四公尺。這些岩石在四周快速地飛來飛去，喬志怎麼抓也抓不到。不過，他注意到身旁正好有塊小岩石靜靜地漂浮在空中，他往後瞄一眼，

太陽系

- 太陽系指的是太陽的宇宙家庭，家庭成員包括：行星、矮行星、衛星、彗星、小行星，以及其他尚未被發現的小天體。當一個天體在環繞太陽的軌道上，我們說它被太陽的重力束縛。
- 最靠近太陽的行星：水星
- 水星與太陽的平均距離：5,790萬公里
- 離太陽最遠的行星：海王星
- 海王星與太陽的平均距離：45億公里

 地球與太陽的平均距離：1億4,960萬公里

- 行星的數目：8個
- 依照距離太陽遠近，行星排列的順序：水星、金星、地球、火星、木星、土星、天王星、海王星

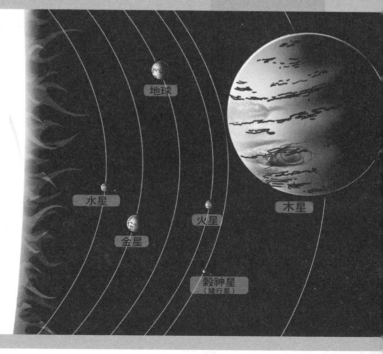

太陽

地球

水星

金星

火星

木星

穀神星
（矮行星）

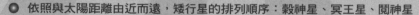

- 矮行星的數目：3個
- 依照與太陽距離由近而遠，矮行星的排列順序：穀神星、冥王星、鬩神星
- 已知的衛星數目：165個
  水星：0個；金星：0個；地球：1個；火星：2個；木星：63個；
  土星：59個；天王星：27個；海王星：13個
- 已知的彗星數目：1,000個（推估的實際數目：1,000兆個）

人造物體飛離地球最遠的距離：約149億6,000萬公里。這是航海家一號於西元2006年8月15日早上10點13分（格林威治時間）達成的紀錄。航海家一號目前仍在外太空航行。這個距離等於地球與太陽距離的100倍。

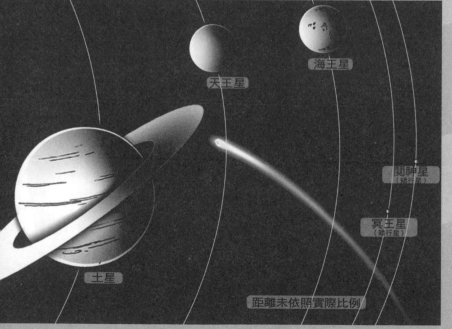

天王星

海王星

鬩神星
（矮行星）

冥王星
（矮行星）

土星

距離未依照實際比例

太好了，安妮沒在注意他。喬志伸手抓住那塊小岩石，緊緊握在手裡！哇塞！來自外太空的寶藏！他的胸口噗通噗通地跳，跳得好大聲，搞不好安妮可從通話器聽到他的心跳呢。喬志猜想從外太空偷渡紀念品回家是不對的行為，但他還是忍不住；現在只希望安妮不會發現。

「喬志，你還好嗎？為什麼動來動去的？」安妮關心地問他。

喬志靈機一動，想到該怎麼轉移安妮的注意力。他一邊把撿來的小岩石順手塞進口袋，一邊喋喋不休地問：「彗星為什麼改變方向？為什麼往土星的方向移動？為什麼不繼續往前飛？」

「喔，親愛的，看來你什麼都不知道。」安妮嘆了一口氣。

「遇到我，算你運氣好，剛好知道那麼多實用的科學知識。」安妮強調：「我們往土星移動，是因為我們受到土星的吸引。這個道理和蘋果會掉在地上是一樣的。我們能夠在彗星上降落，就是受到彗星的吸引。太空雲層裡的粒子彼此吸引，聚成球體，才形成星星。宇宙中，每樣東西都會彼此吸引。你知道造成這種吸引的力量叫什麼嗎？」

喬志一點頭緒也沒有。

「引力。」

「因為引力，所以我們會降落在土星上？然後摔個粉碎？」

「才不會呢，笨蛋！我們的速度太快了，根本不會撞上

土星

- 土星是最靠近太陽的第6個行星。
- 土星到太陽的平均距離：14億3000萬公里
- 赤道直徑：120,536公里，相當於地球赤道直徑的9.449倍
- 表面積：地球表面積的83.7倍
- 體積：地球體積的763.59倍
- 質量：地球質量的95倍
- 赤道重力：地球赤道重力的91.4%

土星繞行太陽一圈的時間：29.46年

- 結構：中心是個非常高溫的岩石核，核外是一層液態金屬，再由液態的氫和氦包裹。最外圈是大氣層。

- 土星大氣層的最高風速可達每小時1,795公里。地球上最高的風速是1934年4月12日，於美國新罕布夏州（New Hampshire）華盛頓山（Mount Washington）測得，為每小時371.68公里。一般咸認，龍捲風內的風速有時可超過每小時480公里。就算這些風速強勁且具破壞性，仍比不上土星上的風速。

到目前為止，土星有59顆衛星已經確認。其中7個是球形。最大的泰坦（土衛六）是太陽系內目前所知唯一有大氣層的衛星，體積也比我們的月亮大上三倍多。

土星。我們只是經過打個招呼。」

安妮對土星揮揮手，大叫：「**土星，你好！**」安妮有如雷聲的喊叫讓喬志馬上摀住耳朵，但猛然一想，自己頭上戴了頭盔，根本擋不住，只好大聲提醒安妮：「**不要叫啦！**」

「喔，對不起，我不是故意的。」

咻地一聲，安妮和喬志掠過土星。就像安妮說的，彗星並沒有一路直直落在巨行星上，而是和它擦身而過。隔著一段距離，喬志可以看到土星不僅有個腰帶般的土星環，還有一顆衛星，就跟地球一樣。仔細一瞧，喬志簡直不敢相信自己的眼睛！他看到了另一顆衛星，然後又一顆，接著又一顆！共有五顆大衛星，還有許多小衛星，可是土星越來越遠，喬志根本來不及數。他心想，哇，**土星至少有五顆衛星**！他沒想到在太陽系裡，地球以外的其他行星會有衛星，而且有的還不只五顆呢！喬志一臉崇拜地望著土星，直到它成為一個小亮點，消失在遠方。

第十三章

　　安妮和喬志腳下的彗星又開始前進了。他們眼前的太陽比先前看到的還要大、還要亮，可是比起地球上看到的太陽還是小多了。這時，喬志看到有一個他之前沒注意到的亮點，他們越靠近，亮點也越長越大。

　　「那是什麼？是另一個行星嗎？」喬志指著右前方問。

　　沒人出聲。喬志左右張望，都沒看到安妮，他只好鬆綁固定用的帶子，循著安妮留下的腳印，看她跑到哪裡了。為了避免又飛到半空中，喬志不敢走太大步，踩著長短適中的步伐前進。

　　喬志小心翼翼地爬過一座小冰丘後，終於看到安妮。

她正盯著地上的一個洞。洞口附近留下的碎石似乎是從彗星噴出來的。喬志走近，往洞裡仔細一瞧，只見裡面約一公尺深，底部什麼也沒有。

「那是什麼？妳找到什麼了？」喬志問。

「沒什麼。就像你看到的，我只是隨便走走……」安妮開始解釋。

「那妳為什麼不說一聲？」喬志打斷她。

「你不是要我別大聲嚷嚷？我就自己一個人走了。自己一個人就不會**惹別人生氣**了。」

「我沒有**生妳的氣**。」

「你有！不管我對你好還是不好，你總是在生我的氣。」

「我沒有在生氣！」

「有，你有！」安妮不甘示弱地喊回去，緊握的雙拳在喬志面前揮動。這時，就在安妮身旁，一道混著氣體和塵埃的小噴泉從地上冒出來。

「看看妳幹的好事！」正當喬志埋怨安妮時，另一道小噴泉從他身旁的岩石爆發，揚起一片灰塵，幸好沒多久就散掉了。

「怎麼一回事？」喬志問安妮。

「嗯，沒什麼……。一切都沒問題。別緊張。」安妮試著安慰喬志，可是她的語氣聽來一點把握也沒有。「我們為什麼不回到剛才那裡坐下？那邊比較安全。」安妮建議。

走回原地的路上，越來越多小噴泉像不定時的炸彈，在他們周遭噴出灰塵，在空中留下一朵一朵的塵埃。兩人都覺得一路上危機重重，但就是沒人願意開口承認。他們越走越快，回到剛才坐下的地方，用鉤子固定，乖乖待著。

喬志剛才看到的亮點變得更大了，看起來像是一顆紅藍條紋的行星。

「那是木星。木星是太陽系行星中體積最大的，是土星的兩倍，地球的一千倍。」安妮打破沉默，但她聲音微弱，跟之前談笑風生炫耀的安妮判若兩人。

「木星也有衛星嗎？」

「當然囉，可是我不知道有多少顆。我上次來的時候沒數，所以我不確定。」

「妳真的到過木星？」喬志帶著懷疑的口氣問。

「我當然去過！」安妮忿忿不平地回答，可是，喬志還是不知道該不該相信她。

安妮、喬志、彗星又開始墜落。看著木星，喬志發現，土星已經很大了，沒想到木星更大。

他們飛掠過木星時，安妮指著木星表面的一個大紅斑。

「那是個大風暴，已經產生好幾百年了，或許更久……，我不確定。它的體積比地球的兩倍還大！」

他們遠離木星時，喬志數著他可以看到多少顆衛星。

「有四個大的。」

「四個大的什麼？」

「衛星。木星有四個大衛星，以及很多很多小衛星。我覺得木星的衛星比土星還多。」

「好吧，如果你這麼覺得的話。」安妮的語氣聽起來有點緊張。

現在，換喬志開始緊張了。凡事附和並不是安妮的作風。同時，他也注意到安妮在移動腳步，微微往他這邊挨近，並且把戴著太空手套的手塞進喬志手裡。他們周遭不斷有混著氣體和塵埃的噴泉從岩石噴出來，揚起一朵朵小雲霧。一片薄薄的煙霧正在整顆彗星的上方成形。「安妮，妳還好嗎？」安妮不再炫耀，也不再無理取鬧。喬志很篤定，他們一定是遇上麻煩了。

「喬志，我──」安妮話還沒說完，一顆巨大的岩石就從後方狠狠撞上他們乘坐的彗星。頓時天搖地動，灰塵和冰塊漫天飛舞。

安妮和喬志抬頭一看，數萬顆岩石飛快地往他們這邊飛來，他們根本無處可躲。

「是小行星群！我們遇到小行星風暴了！」安妮大喊。

木星

- 木星是最靠近太陽的第五個行星。
- 木星到太陽的平均距離：7億7,830萬公里
- 赤道直徑：142,984公里，相當於地球赤道直徑的11.209倍
- 表面積：地球表面積的120.5倍
- 體積：地球體積的1,321.3倍
- 質量：地球質量的317.8倍
- 赤道重力：地球赤道重力的236%
- 結構：中心是個非常小（與整顆行星的大小相比）的岩石核，核外由液態金屬層包圍。隨著高度增加，液態金屬層逐漸轉為一層液態氫。這層液態氫又漸漸轉變為氫氣組成的大氣層。儘管木星較大，但是成分大致上與土星相似。

大紅斑　　地球

- 木星表面上的大紅斑是個巨大的颶風型風暴。這個颶風首次在1655年觀測到，已存在超過3世紀，可能更久。大紅斑的風暴很大：是地球大小的兩倍。木星上的風速經常達到每小時1,000公里。

- 木星繞行太陽一周需要的時間：11.86年
- 到目前為止，木星有63個衛星已經確認。其中有四個夠大，所以能維持球狀。這四個衛星是義大利科學家伽利略（Galileo）在1610年發現的，統稱伽利略衛星，分別是：埃歐（木衛一）、歐羅巴（木衛二）、甘尼米德（木衛三）和卡利斯多（木衛四）。體積跟我們的月亮差不多。

第十四章

「我們該怎麼辦？」

「不怎麼辦，我們什麼**辦法**也沒有！先試著不要被石頭砸到！我叫卡斯摩讓我們回去。」安妮尖聲喊叫。

彗星以不可思議的速度飛過小行星群。就在他們面前，另一顆巨大的岩石撞上彗星，降下一顆顆的小岩石雨，打在他們的太空衣和頭盔上。喬志聽到安妮的尖叫從通話器另一頭傳來。但是突然間，尖叫聲斷了，就像收音機突然關掉一樣，噪音嘎然而止。

喬志想要透過通話設備跟安妮講幾句話，可是安妮好像什麼也聽不到。他轉頭看她，她在頭盔裡一臉焦急，好像要跟他說話，可是喬志一點聲音都聽不到。他使出吃奶的力氣，大叫：「**安妮！我們回家吧！我們回家吧！**」不過，依舊徒勞無功。正當百般無奈之際，喬志注意到安妮頭盔上的

小天線折斷了。一定是這樣，他們才沒辦法通話！但這麼一來，安妮也沒辦法聯絡上卡斯摩了？

安妮拚命點頭，死命握住喬志的手。她使出渾身解數要呼叫卡斯摩，帶他們兩個回去，可是卡斯摩一點回應也沒有。喬志害怕的事發生了——他們跟卡斯摩通訊的設備被落下的岩石打壞。他們被困在一顆正穿越小行星風暴的彗星上，無法脫身。喬志也試著呼叫卡斯摩，可是他不知道該怎麼做，連自己到底有沒有相關的呼叫設備都不確定。他試了又試，還是沒有回應，只好和安妮兩人緊緊挨在一起，緊閉雙眼。

這場小行星風暴莫名其妙地開始，沒一會兒又莫名其妙地結束。前一秒，岩石傾盆而下，落在他們四周；下一秒，彗星飛出風暴區，一切又顯得風平浪靜。看看周圍，喬志和

安妮發現他們能躲過岩石的攻擊，真是三生有幸。那些岩石形成長長一列，似無止境地往太空延伸。其中大多數是大塊頭、排得很鬆，只是彗星剛穿越的那段，岩石體積較小、排得較密。

儘管如此，他們仍未完全脫離險境。彗星裡頭射出的氣體噴得到處都是，隨時有可能在他們腳底噴發。噴發的氣體讓眼前霧濛濛的一片，除了太陽和逐漸變大的淡藍色小點，連天空幾乎都看不到。

喬志回過身，把小藍點指給安妮看。安妮點點頭，用手指在空中寫了兩個字。喬志只猜到第一個字是「地」。隨著他們越來越靠近小藍點，彗星微微傾斜，喬志突然想起來，安妮寫的「地」就是指地球！眼前這個小藍點就是地球。比起喬志看過的其他行星，地球好小好小，可是很漂亮。這是

小行星帶

🪨 小行星是繞著太陽運動的小天體，因為不夠大，無法維持球狀，稱不上行星或矮行星。太陽系有上百萬顆小行星，每個月都可發現約五千顆新的小行星。小行星的大小不一，從幾吋到幾百哩寬的岩石都有。

🪨 小行星帶是火星和木星之間的一個小行星密集區。雖然小行星帶有許許多多的小行星，可是小行星帶太大、分佈太廣，大部分小行星都是孤獨的宇宙漫遊者。只是小行星帶有些區域可能較為擁擠。

他居住的行星，在這個緊要時刻，喬志好想好想回去地球。他用手在空中寫下「卡斯摩」。安妮看看他，搖著頭寫下「不」。

兩個人在彗星上的情況越來越不妙。數百個混著氣體和灰塵的噴泉到處爆發。喬志和安妮這兩個宇宙漂泊者緊緊縮

在一起，完全不知道該怎麼收拾兩人惹出來的爛攤子。

　　帶著奇怪的恍惚心情，喬志心想，**至少我曾經從外太空看過地球**。唉，他多希望可以回家，告訴他認識的每個人：在外太空裡，地球跟其他行星比起來，有多小、有多脆弱。氣體和灰塵產生的霧，濃得讓他們看不見地球的藍光。回家？以目前的狀況看來，門兒都沒有。卡斯摩怎麼可以就這樣遺棄他們呢？

　　坐以待斃的喬志正在胡思亂想時，旁邊的地上出現了一道門，門口射出了一道光。有個穿著太空衣的男人從那道門走出來，從彗星表面拔起鉤子，把他們兩人分別提起來，拽往門的另一頭。一轉眼的工夫，安妮和喬志就狼狽地摔在艾瑞克書房的地板上。剛才那個男人緊跟在後，用力關上門。艾瑞克脫下頭盔，對安妮和喬志咆哮：「**你們兩個究竟在搞什麼鬼?!**」

第十五章

「**你們兩個究竟在搞什麼鬼**？!」看到艾瑞克大發雷霆，喬志真希望自己仍在彗星上，往太陽系中心的路上前進。

「外太空又沒有鬼。」安妮咕噥著，努力從太空衣裡鑽出來。

「**妳說什麼！再說一次！**」艾瑞克對著安妮咆哮。安妮頂嘴無疑是火上加油，簡直讓艾瑞克氣炸了，用火冒三丈來形容艾瑞克現在的樣子一點也不誇張。

「安妮，妳給我回房間去。我等一下再跟妳算帳。」

「可是，爹——地……」艾瑞克瞪了安妮一眼。安妮把說到嘴邊的話硬生生地吞下去，乖乖閉嘴，脫下笨重的太空靴和太空衣，一溜煙地跑出去。「喬志，再見了。」經過喬志旁邊時，安妮低聲說道。

「至於你……」聽到艾瑞克威脅的口吻，喬志從頭涼到

腳。一會兒，喬志才弄清楚艾瑞克不是在跟他說話。艾瑞克
逼近卡斯摩，凶狠地瞪著電腦螢幕。

「主人，我只不過是台卑微的電腦，只得聽命於我收到
的指令。」

「胡扯！你是全世界最萬能的電腦！你竟然讓兩個小孩
子在沒有大人陪同下跑去外太空。如果我沒及時到家，誰知
道會發生什麼事？你可以，**也應該**阻止他們的！」

「喔，親愛的，我想我快要當機了。」不一會兒，卡斯摩的螢幕一片空白。

「我簡直不敢相信，真是太糟糕了！太糟糕了！簡直是場災難！」艾瑞克自言自語，雙手抓著頭，在房間裡來回踱步。

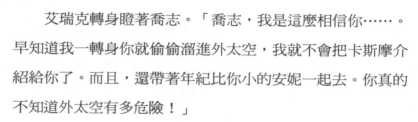

「我真的很抱歉。」喬志怯生生地說。

艾瑞克轉身瞪著喬志。「喬志，我是這麼相信你……。早知道我一轉身你就偷偷溜進外太空，我就不會把卡斯摩介紹給你了。而且，還帶著年紀比你小的安妮一起去。你真的不知道外太空有多危險！」

喬志很想大聲說「不公平！」，那不是他的錯──是安妮把他們兩個推往外太空的。可是，他一句話也沒說。他想，安妮已經夠慘了，不用他再落井下石。

「外太空的世界不是你能想像的，儘管有許許多多不可思議、多采多姿、巨大、迷人的東西，可是危險得不得了。我本來打算一一跟你解說，可是現在……」艾瑞克搖著頭，

宣布一件可怕的事：「來，我帶你回家。我必須跟你父母談一談。」

艾瑞克所謂的「談一談」不是三言兩語、輕描淡寫，而是長篇大論，足以讓喬志爸媽對兒子感到失望透頂。他們盡心盡力讓兒子喜愛大自然、遠離科技，可是他們聽到寶貝兒子竟然在艾瑞克家玩電腦，被當場逮個正著，而且還不是普通的電腦。這台電腦既昂貴又精密，可不是隨便給小孩子玩的。除此之外，喬志還發明一個又蠢又危險的遊戲（關於這點，艾瑞克沒有太多著墨），鼓吹安妮參加。情節重大，兩個小孩都被禁足，整整一個月不准碰面。

當老爸告知喬志懲罰內容時，他不由得說：「呼，真好！」安妮給他惹了一身麻煩，還讓他揹黑鍋，他很高興再也不用看到她了。

「還有，艾瑞克跟我保證，他會把電

腦鎖起來，不讓你們兩個玩。」老爸補上一句。他已經氣得怒髮衝冠，加上滿臉大鬍子、一身刺人的毛衣，整個人看起來像是一株仙人掌。

「不──行！他不可以這麼做！」

「他當然可以這麼做，也會這麼做。」老爸嚴厲地說。

「但卡斯摩自己一個人會很孤單！」喬志實在太難過了，根本不知道自己說了什麼。

「喬志，你知道我們現在說的是一台電腦，不是生物？電腦沒有感覺，不會覺得孤單。」老爸憂心忡忡地說。

「可是這台電腦有感覺啊！」

「唉，寶貝兒子，如果科技讓你胡言亂語，你現在應該知道我們為什麼不讓你碰了吧！」

對於大人總是扭曲事實來支持自己的論調，喬志氣得咬牙切齒，又很無奈。他拖著沉重的腳步回到房間。少了卡斯摩，世界突然變得好無聊。

喬志知道他會想念卡斯摩，可是他沒想到自己也會想念安妮。剛開始，被罰不可和安妮見面，他還蠻高興的，反正他一點也不想看到安妮。一段時間後，他發現自己很期待看

到安妮飄動的金髮。只是無聊罷了,喬志這麼安慰自己,畢竟他在家裡沒有好玩的事可做,也不能出去找朋友。老媽要喬志織一條臥室用的小地毯,老爸試著要燃起他對自製發電機的興趣。表面上,他相當投入,事實上,他可是覺得索然無味。

這時,喬志無聊的生活出現了一線曙光。他在學校的公佈欄看到一張科學演講比賽的海報——第一名的獎品就是一台電腦!為了得第一,喬志卯足全力要寫出一篇文圖並茂的演講稿,描述宇宙的種種奧祕,甚至畫下他在彗星上看到的

行星。可是不管怎麼努力，草稿讀起來就是哪裡不太對勁，但他又說不出來哪裡怪。最後，他沮喪地放棄，不得不向百般無聊的日常生活低頭。

十月對喬志來說，向來是最難熬的月份。就在十月底某個秋日下午，終於發生了一件新鮮事。喬志在後院無趣地晃來晃去時，注意到籬笆上的洞有一個很藍很藍的東西。他把眼睛湊過去，往洞的另一邊瞧。這時，隔壁傳來一聲尖叫。

「喬志！」一個熟悉的聲音喊。喬志和安妮正兩眼相望。

「我們兩個不該講話的。」喬志隔著籬笆低聲回答。

「我知道！可是我好無聊喔。」

「妳怎麼會無聊！妳有卡斯摩啊！」

「沒有，我爹地把它鎖起來了，我再也不能跟它玩了。我連今晚萬聖節都不能上街要糖

果了。」

「我也不行。」

「唉，我還有一套漂亮的巫婆裝呢。」安妮非常惋惜。

「我媽在煮晚餐吃的南瓜派。我跟妳打賭，一定很難吃。等她弄完，我就得回廚房吃她的南瓜派了。」喬志悶悶不樂地告訴安妮這個消息。

「南瓜派！聽起來好好吃哦。如果你不吃，可以把你那一份給我嗎？」

「是可以啦，可是妳又不能到我家廚房，自從上次發生那樣的事情之後……」

「上次，跑去外太空搭彗星、遇上小行星風暴、彗星氣體到處噴發，最後惹我爹地生你氣，以及每件事，我真的覺得很抱歉。我不是故意的。」

喬志一句話都沒說。他在心裡罵過安妮不下千百次，可是現在跟她面對面，卻是一句氣話也說不出口。

「喔，天哪……」安妮開始啜泣。

喬志在籬笆另一頭隱約聽到了啜泣聲，便小聲叫著：「安妮？」

ㄘㄥˋ──ㄘㄥˋ！喬志聽見一個用力擤鼻涕的聲音。

他沿著籬笆邊跑邊找。原來上次把肥弟抓回來後,老爸隔天就開始補洞。工程進行到一半,老爸又忙別的事去,其實還有一個洞沒補完,或許剛好夠喬志擠過去。

「安妮!」喬志從洞口探過頭去,看到安妮哭哭啼啼地在揉眼睛,用衣袖擦鼻涕。她身上穿的是一般的便服,看起來不再像是奇怪的童話仙子或是外太空來的訪客,只是個孤伶伶的小女孩。頓時,喬志覺得很過意不去。「過來!爬過來!我們可以躲在肥弟的豬舍裡面。」

「你不是很討厭我嗎!因為……」安妮羞怯地走到籬笆洞口。

「哦,那件事!」喬志以大人的口吻不加思索地說:「要是我年紀還小,我**是會**生妳的氣,可是現在我不會了。」

「喔,所以我們還是朋友嗎?」安妮淚流滿面。

「如果妳爬過籬笆的話。」喬志故意捉弄她。

「你爸爸看到怎麼辦?他不會

生氣嗎？」安妮一臉狐疑。

「他出去了，要一陣子才會回來。」老爸常常在星期

六帶喬志上街參加「抗全球暖
化」遊行。喬志還小的時
候，覺得拿著海報走過市
中心，一邊喊口號很好
玩。那些環保人士人都
非常好，有時候還會把
喬志扛在肩上，或是給
他一杯熱騰騰的濃湯。
只是現在喬志大了，覺得
上街遊行有點不好意思。

所以，那天早上當老爸嚴厲地宣布，他因為被禁足，不能參
加遊行，必須待在家裡的時候，為了不讓老爸傷心，喬志還
裝出一副失望的表情。其實能躲過例行性的抗議活動，可是
讓他鬆一口氣。

「過來，安妮，跳過來。」

豬舍不是一個坐下來聊天的好地方，既不溫暖也不舒
服，可是要躲避大人的視線，這倒是個不錯的藏身處。

　　喬志以為安妮會抗議豬的臭味（事實上豬並沒有大家想的那麼臭），她只是皺著鼻子，窩在角落的稻草上。肥弟的頭靠著牠的豬蹄，安

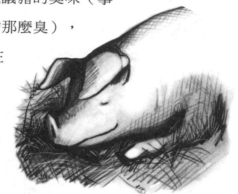

安穩穩地睡覺，發出呼嚕呼嚕的打呼聲。

　　「所以，不能再冒險了？」喬志問安妮，在她身旁坐下來。

　　「不大可能了，爹地說要等我長大才能再到外太空探險。大概要到二十三歲之類的吧。」安妮一面回答，一面在豬舍牆壁上擦鞋底。

　　「二十三歲？那不是要等一輩子！」

　　「唉，我知道，要等很久很久。不過，至少爹地沒跟媽說。如果我媽知道，一定會氣瘋的。我跟她保證會好好照顧爹地，不讓他做些奇奇怪怪的事。」

　　「妳媽在哪裡？」

　　「她跟著波修瓦芭蕾舞團在莫斯科表演《天鵝湖》。」安妮歪著頭想了一下。

　　這時，睡夢中的肥弟大聲哼了一聲。

　　「才怪。就算是肥弟也知道這不是真的。」

　　「好吧，她在照顧阿嬤。阿嬤生病了。」

　　「那妳為什麼不實話實說？」

　　「因為不說實話才有趣啊。可是，外太空的事是真的吧？」

　　「沒錯，外太空真的很不可思議，可是……」

　　「怎麼了？」安妮問，手上拿著肥弟的稻草編起了麻花辮。

　　「為什麼妳爸爸要去外太空？我的意思是，為什麼他有卡斯摩？卡斯摩是用來做什麼的？」

　　「他負責在宇宙中找一顆新行星。」

　　「什麼樣的新行星？」

　　「一個人可以住的行星。你知道的，假如地球的溫度過高。」

「哇？！找到了嗎？」

「還沒有，可是他不斷在找，銀河每個角落都不放過，找到了才肯罷手。」

「真是了不起。我真希望我有一台能帶我遨遊宇宙的電腦。事實上，我只希望有台電腦。」

「你沒有電腦嗎？為什麼？」安妮覺得不可置信。

「我準備存錢買一台，可是看來還要等上好幾年。」

「真慘。」

「所以，我想要參加一項科學比賽。第一名的獎品是一台超大的電腦！」

「什麼樣的比賽？」

「科學演講比賽。講得最好的人可以贏得那台電腦。很多學校都有派代表參加。」

「我知道那項比賽！我們學校也會出席。是下星期舉行吧？下星期我都會待在阿嬤家，會直接從阿嬤家去上學。但比賽的時候，我們可以碰到面。」

「妳要參加比賽嗎？」安妮總是有那麼多有趣的題材、豐富的科學知識、天馬行空的想像力，如果她參加，一定會脫穎而出。想到自己的演講可能落得乏善可陳，喬志的心不

禁涼了半截。

「騙你的啦！我才不要一台笨電腦。如果是一雙芭蕾舞鞋，也許我會參加……。你演講的題目是什麼？」

「嗯，我打了草稿，準備講一些有關太陽系的東西。可是我覺得沒有寫得很好。太陽系我知道的不多。」喬志害臊了起來。

「你當然瞭解太陽系！你比學校裡的人知道的都多。你親眼見識過太陽系的一部分，像是土星、木星、小行星和地球！」

「要是我弄錯了，怎麼辦？」

「你為什麼不叫爹地幫你檢查呢？」

「他那麼生我的氣。他不會幫我的啦。」

「我今天晚上問他，你可以星期一放學後親自問他。」

這時，豬舍屋頂傳來叩叩叩的聲音。喬志和安妮還來不及反應，豬舍的門就被打開了。兩人嚇得動也不敢動。

「有人在嗎？」一個溫柔的聲音問。

「那是我媽！」喬志用嘴形告訴安妮。

「慘了！」安妮也用嘴形回答。

「要給糖，還是要搗蛋？」喬志的媽媽問。

「給糖？」喬志滿懷希望地回答。安妮也點頭答應。

「有兩位要給糖？」

「哦，是的。一個給我，一個給……嗯……肥弟。」

「哪有女生叫肥弟！」喬志的媽媽說。

「喔，拜託，喬志媽媽！不是喬志的錯。妳不要處罰他。」安妮再也不能保持沉默了，連忙出聲。

「妳別擔心。」喬志媽媽的聲音聽起來，嘴角應該帶著笑意。

「不准你們兩個一起玩真是個無聊的處罰。我幫你們準備了下午茶，有青花菜蛋糕和南瓜派！」

安妮一聽到有吃的，興奮地尖叫，拿起奇形怪狀的蛋糕，大口咬下。「謝謝！好好吃喔！」安妮滿嘴蛋糕，臉上盡是滿足的笑容。

第十六章

同時間，小鎮的另一頭，喬志老爸正開開心心地參加他的環保遊行。環保團體成員舉著標語，穿過商業區，穿過人群，沿途不停喊著「**地球快死了！**」，最後在市區的廣場上停下來。「**回收塑膠袋！禁止開車！停止浪費地球資源！**」他們放聲大喊，吸引不少路人的注意。

　　走到廣場中央時，喬志老爸跳到一座塑像基部的平台，開始宣傳他的理念。

　　「**現在這個當下**，我們該擔心地球暖化的問題了！不能等到明天！」喬志老爸的聲音太小，沒人聽到他在說什麼。

一個環保伙伴於是遞了擴音器給他。「**我們能拯救地球的時間不多了！**」喬志老爸再說一次，這次聲音大多了，在場的人都聽到了。「如果地球的溫度持續上升，這個世紀末以前，大水災和乾旱將使千萬人喪命，超過兩億人將被迫離開自己的家園。地球上大部分地方將變得不適合人類居住，食物產量也會嚴重不足，導致飢荒。到時候，科技也沒辦法拯救我們了，**因為一切都太晚了！**」

　　台下有些人拍手叫好，有些人點頭表示贊同。喬志的老爸相當訝異——他參加環保相關遊行這麼多年，每次發傳單或發表演說時，宣揚過多私人轎車導致污染、人類太依賴消

耗能源的機器等理念，其他人不是不理他，就是覺得他腦袋
有問題。長年宣導下來，他對人們的冷漠或辱罵早就習以為
常，沒想到，民眾現在突然關心起環境保護這個議題。

　　他繼續說道：「極地的冰塊正在融化，海平面上升，地
球暖化的問題越來越嚴重。科技進步只是讓我們摧毀我們的
行星罷了！現在，我們必須想辦法拯救地球！」

　　一群逛街的民眾停下來聽喬志老爸在說些什麼，結果傳
出一陣小小的歡呼聲。

　　「咱們一起動手拯救地球吧！」喬志的老爸喊道。

　　「拯救地球！」整個遊行隊伍回應著。這時，一、兩位

逛街的民眾也跟著喊：「**拯救地球！拯救地球！**」

聽到一些人跟著喊，喬志老爸高舉雙手，用勝利手勢回禮。看到多年來的努力沒有白費，他非常振奮。他和環保團體終於喚起一般民眾的注意，讓大家知道環境惡化的問題有多嚴重。歡呼聲逐漸變弱，正當喬志老爸準備再度開口時，不知道從哪裡冒出一個大蛋塔，筆直飛過群眾上方，不偏不倚地打在喬志老爸的臉上。

周遭陷入一片沉默，一會兒，當大家看到喬志老爸一臉錯愕地站在那裡，奶油從鬍鬚一滴一滴落下，大家都忍不住笑了出來。只見一群萬聖節打扮的小鬼溜出人群，從廣場上跑開。

「把他們抓起來！」出聲的那人指著那群打扮得像妖魔

鬼怪的人影，但那群小鬼一溜煙地跑掉了，笑得很囂張。

　　喬志老爸並不是那麼在乎，畢竟這麼多年來，他演講時已經被丟過很多次。在他指出地球目前面臨的問題時，曾被逮捕、被推撞、被辱罵、被驅趕……，多一個蛋塔沒什麼大不了的。喬志老爸將那團濕濕黏黏的奶油從兩眼抹開，準備繼續演講。

　　環保團體的一些人上前追那群惡作劇的小鬼，但沒多久就被遠遠地拋在後頭，跑得上氣不接下氣。

　　這些小鬼看到大人沒追上，就停了下來。

　　「嘻—嘻—嘻」一個小鬼嘻皮笑臉，扯下殭屍面具，結果竟是芮國，他那張臉可沒比面具好看到哪裡去。

「芮國，幹得好！你丟蛋塔的架勢，真是『英姿煥發』啊！」暉痞一邊喘吁吁地說，一邊扯下黑白相間的惡魔面具。

「是啊！你剛剛好打中他的鼻子。正中紅心！」另一個揮著三叉戟、尾巴沙沙作響的魔王也附和著。從魔王大塊頭的體型判斷，這個人準是探克沒錯。探克增胖的身體好像吹氣球般，從沒停下來過。

「萬聖節真是個好節日。沒人知道是我們搞的鬼！」芮國心花怒放。

一身吸血鬼打扮的賜特問：「我們下一步要做什麼啊？」

「嗯，現在蛋塔用光了，我們玩點『挨家挨戶搗蛋』，一些有看頭的。我有一些好點子……」芮國說。

那天下午還沒結束，這群小鬼就讓好幾個鄰居嚇破膽。他們把水彩裝進玩具水槍裡，把一位老太太噴得一身花花綠綠，把紫色麵粉灑在一群小朋友頭上，還在車子底下放鞭炮，讓車主以為車子爆炸了……，每次，都竭盡所能地製造混亂，趁大家搞不清楚狀況的時候，腳底抹油馬上開溜。

後來，他們來到小鎮邊上。這裡的房子彼此相鄰較遠，也較分散。相較於狹小街道上一排排的舒適小屋，這邊的

房子大多是大間別墅，前院有一大片草坪，種著高高的灌木樹籬，還有碎石子鋪成的車道。天色越來越暗，有些大房子的窗戶、柱子和前門沒什麼裝飾，在微弱的光線下，看起來陰森森的，有點像鬼屋。這群小鬼看到大多數房子都是黑漆漆的一片，靜靜矗立在那裡，猜想裡頭應該沒人可讓他們捉弄，也懶得去按門鈴。正當他們準備離去時，來到小鎮最遠的一棟房子。這棟占地遼闊的房子有著樓塔，幾尊斑駁的雕像被扔在一旁，年久失修的鐵門也歪歪斜斜地掛在鉸鏈上，

一副岌岌可危的樣子，不過，一樓的每扇窗戶都有光線照射出來。

「最後一家了！咱們給它致命的一擊。準備動手了嗎？」芮國興高采烈地宣布。

芮國的手下檢查手中惡作劇的武器，迅速跟著老大穿過雜草叢生的車道。就在他們靠近那棟房子時，聞到一股奇怪的臭蛋味，越是接近斑駁的前門，味道就越嗆，煙霧也越濃。

「噗─咿，誰放的屁？！」惡魔老大捏著鼻子問。

「不是我！」賜特連忙撇清。

「聞到的人自己要想辦法應付。」芮國語帶威脅。那股味道實在太刺鼻了，連呼吸都有問題。他們躡手躡腳地來到前門，芮國用手搗住嘴巴和鼻子，伸手按下巨大的圓形門鈴。門鈴發出一陣似乎很久沒用的聲響。出乎大家的意料，門竟開了一個小縫，又黃又灰的濃煙從裡頭冒出來。

「哪裡找？」一個很難聽的聲音傳出來。這聲音聽起來

很是熟悉。

「要給糖，還是要搗蛋？」芮國嗓子沙啞，幾乎講不出話來。

「**搗蛋！**」聲音的主人大叫，把門整個敞開，只見一個戴著瓦斯面具的男人站在門口。下一秒，另一陣刺鼻的黃灰色濃煙迎面撲來，那個男人早就不知去向。

「**趕快跑！**」芮國大叫。其實用不著他命令，大伙早就穿過濃煙，死命往回跑。他們氣喘如牛、搖搖晃晃地跑過車道，穿過大門，來到人行道上。被濃煙嗆得連忙扯下萬聖節的面具，大口呼吸新鮮空氣。可是芮國不見了──他跑過車道時被絆倒，整個人跌在碎石子上。更慘的是，屋子主人正慢慢往他這個方向走來。

「**救命啊！救命啊！**」芮國努力想爬起來。其他人聽到他的叫聲，都停了下來、回頭看究竟是怎麼回事，可是沒人想回去救他。「快點，我們趕快去救芮國！」個子最小的賜特說。

其他兩人拖著不情願的腳步，嘴裡一直抱怨。剛才那個神祕客已經脫下瓦斯面具，從漸漸散去的煙霧中，一伙人幾乎可以看清他的容貌。芮國這時已經爬起身來，神祕客好像在對他說話，雖然他們聽不到他在說些什麼。

幾分鐘後，芮國轉過來對同伴們揮揮手，大叫：「喂！你們這幾個傢伙，給我過來！」

三個人心不甘情不願，零零落落地走過去。詭異的是，芮國看來相當高興。原來，站在他身旁的那個邪惡神祕客不是別人，正是瑞普老師。

第十七章

「午安啊，同學們。在熱鬧的萬聖節，你們還想到我這個可憐的老師，邀我同歡，你們的心腸真好呦。」瑞普老師看著這批妖魔鬼怪，緊抓著面具。

「我—們—不—知道……，如—如—果—果—知道—**老師**住在這——裡，我們就不會……」賜特結結巴巴地辯解。

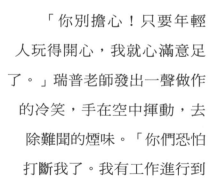

另外兩個小鬼早就嚇得話都說不出來了。

「你別擔心！只要年輕人玩得開心，我就心滿意足了。」瑞普老師發出一聲做作的冷笑，手在空中揮動，去除難聞的煙味。「你們恐怕打斷我了。我有工作進行到

一半，所以有些煙霧瀰漫。」

「啊！你在煮飯嗎？這裡聞起來好臭。」暉痞抱怨。

「不，不是煮飯，跟食物無關。我正在作一個實驗，現在必須回去完成。我就不留你們了。我相信這個社區一定有其他人可以捉弄。」

「那個……」芮國說到一半，刻意把話吞下去。

「對了！你們何不跟我來，在門口稍等一下。我去拿一樣東西，馬上回來。」

一群人跟著瑞普老師來到敞開的前門，等他進去拿東西。「發生什麼事了？」暉痞小聲問芮國。

「兄弟們，你們給我圍過來。鬼普要我們幫他做事，而且會付我們錢。」芮國鄭重宣布。

「是喔，可是他要我們做什麼？」探克問道。

「安啦，沒什麼。只是要我們送一封信到那太空怪物的家。」

「這樣他就會付我們錢？為什麼？」

「我哪知。管他的，只要有錢就行了。」

一群人等了又等，仍不見鬼普的蹤影。芮國透過門縫偷偷往裡看，宣布：「我們進去。」

「不可以！」其他人一致否決。

「我們當然可以。」芮國的眼睛不懷好意地閃爍著。「你們想想，回到學校，咱們可以威風地跟大家炫耀我們去過鬼普家！看我們能不能順手帶走什麼。跟我來！」芮國躡手躡腳地走進房子，還停下來看有沒有什麼不對勁，然後熱烈鼓動其他人跟進。一個接著一個，一伙人偷偷摸摸走進前門。

站在玄關，他們看見一道走廊，兩旁有好幾間房間。而周圍所有東西都蓋著厚厚的一層灰，好像幾百年沒用似的。

「往這邊走。」芮國開心地奸笑，往走廊走去，在一扇門前停下。「真好奇鬼普那個老頭在裡面藏了什麼。」他把

門推開，往裡頭張望。「不錯，不錯，瞧瞧裡頭都是些什麼玩意？看來老頭子私底下的寶貝可不少。」芮國自言自語，臉上露出狡猾的笑容。其他男孩馬上擠過來，想要一探究竟。看到房裡一大堆奇奇怪怪的東西，眼睛全都為之一亮。

「哇?! 裡面那個是什麼？」賜特問。

還沒人來得及回答，瑞普老師已經出現在他們身後。「我一叫一你一們一在一外一面一等一」他一個字一個字地說，聲音超乎想像地恐怖。

「老師對不起，老師對不起。」一伙人連忙轉身跟瑞普道歉。

「我有邀請你們進來參觀嗎？我想應該沒有吧？你們可以解釋為什麼沒聽話嗎？還是要我把你們留校察看？」

芮國脫口而出：「老師老師，我們本來是乖乖在外面等

的，可是你之前說的那個實驗……我們實在太有興趣了……想進來看看。」

「是嗎？」瑞普老師一臉懷疑。

「哦，是的，老師！」在場的男孩異口同聲，好像迫不及待想瞭解那個實驗。

「我不知道你們有人對科學感興趣。」瑞普老師的語氣聽起來有點欣慰。

「哦，老師，我們愛死科學了。真的！」芮國裝出充滿熱忱的語調，不斷跟瑞普老師保證：「探克說他長大後要當科學家。」聽到自己有了未來志向，探克訝異得連下巴都快掉下來了；回過神後，馬上裝出一張「好學生」的臉。

「真的啊？」瑞普老師高興得快飛上天了。「真是個好消息！你們一定得到我的實驗室走一趟──我非常期待跟別人分享我的研究發現，而你們似乎是最佳人選。來吧，我可以鉅細靡遺地解釋給你們聽。」

「瞧你幹的好事！」暉痞對芮國低聲抱怨。

「閉嘴！」芮國嘴角擠出一句。「不這樣，我們下課後都要被留下來。你給我打起精神，聽到沒？我會盡快把你們弄出這裡的。」

第十八章

瑞普老師的實驗室顯然分成兩個部分。一邊，有個奇怪的科學實驗正在進行。大大小小的玻璃球由玻璃管連接，其中一個玻璃球跟一個看起來很像小火山的模型連在一起。除了少部分的煙外洩，火山冒出的煙大都被收集到那個玻璃球裡。氣體從一個玻璃球噴到下一個玻璃球，最後進入中間的大玻璃球。大玻璃球裡面是一朵雲，偶爾會有火花在裡面四處亂竄。

「好了，誰要發問？」好不容易有了聽眾，瑞普老師相當興奮。

芮國嘆了一口氣，指著那組巨大的實驗器材，問：「老師，那是什麼東西？」

「啊哈！我相信你們一定還記得在進屋子前，聞到一股美妙的臭雞蛋味。你們知道那是什麼嗎？」瑞普老師搓著

手，滿臉期待。

「壞掉的雞蛋？」探克大聲發表高見，相當得意他猜到答案。

「笨孩子。如果你想成為科學家，可要好好動動腦。想一想！那會是什麼？答案簡單得不得了。」瑞普老師不耐煩地把探克罵了一頓。

一群人你看我、我看你，聳聳肩，小聲地回答：「不知。」

「嘖嘖嘖，真是的，現在的小孩子什麼都不會。那是地球的氣味——好幾億年前的氣味。那時地球上還沒有生

早期的大氣層

🌏 地球的大氣層並非一直像現在這樣。如果我們回到35億年前的地球（當時地球已經存在了大約10億年的時間），根本沒辦法呼吸。

🌏 今天，我們的大氣層中，大約78%是氮，21%是氧，0.93%是氬。剩下的0.07%大多是二氧化碳（0.04%），以及包含氖、氦、甲烷、氪和氫的混合物。

🌏 35億年前的大氣層不含氧氣，多半是氮、氬、二氧化碳和甲烷，直到今日，我們仍不清楚當初確切的組成元素。目前只知道那時有大規模的火山爆發，在大氣層中釋放了水蒸氣、二氧化碳、氨和硫化氫。硫化氫的味道聞起來像壞掉的雞蛋，大量使用時會產生毒素。

物。」瑞普老師嘆了一口氣。

「拜託，那種答案誰猜得到啊？」暉痞發起牢騷。

「很明顯，這不是真的火山。」瑞普老師沒理會暉痞的抱怨，指著還在冒煙的小火山模型繼續解釋。

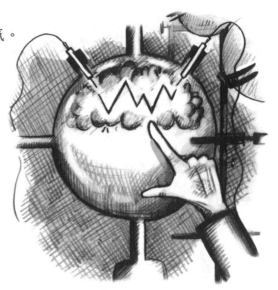

「對啊，那很明顯是個假火山。你講得好像我們都瞎了。」芮國嘀咕。

「這項化學實驗只是在模擬古早地球產生的氣體。」瑞普老師實在太投入，完全沒聽到芮國頂嘴。「我從花園裡挖了些泥巴，做成一個小火山的形狀。我自己是蠻喜歡的。」

火山的煙咕嚕咕嚕往上噴進玻璃球，與水蒸氣混合後，形成雲氣。水蒸氣是另一個玻璃球的水用瓦斯燈加熱後飄進來的。瑞普老師在雲裡面設計了一個裝置，可以產生電火花。

就在火山噴發黑煙之際，玻璃球裡有一些閃電劈劈啪啪地從雲裡面噴射而出。瑞普老師輕輕拍打那個玻璃球。

米勒－尤里實驗

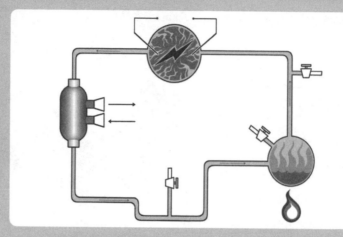

🔥 1953年，史丹利・米勒（Stanley Miller）和哈洛・尤里（Harold Urey）這兩位科學家進行地球生命起源的研究。他們相信構成生命的成分可能在地球早期大氣層中純粹的自然現象中生成。

🔥 1950年代，科學家對早期大氣層可能含有的化合物已有一定的瞭解，也知道早期的大氣層常有閃電。因此，米勒和尤里進行實驗，用電火花模仿閃電，觸擊這些化合物。令人驚訝的是，他們發現自己竟然創造出獨特的有機化合物。

🔥 有機化合物是一種包含碳和氫的分子。其中有些是形成生命的要素，如胺基酸。米勒－尤里實驗（Miller & Urey's Experiment）製造出來的胺基酸，讓科學界燃起在實驗室創造生命的一線希望。

🔥 如今，米勒－尤里實驗也有50年以上的歷史了，我們還是無法創造出生命體，也不知道地球上的生命是怎麼出現的。不過，藉由模仿地球許久以前的特殊環境，我們已能創造出越來越多生命的基本化學組成物。

　　「你們看，閃電碰到雲氣會產生奇怪的反應。科學家發現這些反應可能產生形成地球上生命最基本的化學成分，也就是氨基酸。」

　　「可是為什麼呢？你要拿氨基酸做什麼？」暉痞相當不解。

　　「因為……我想要創造生命。」瑞普老師臉上浮起一抹陰險的表情。

　　「哼，我聽你在瞎說。」芮國低聲說。

　　但是賜特比芮國老大有興趣多了。「老師，地球上已經有很多生物了。你為什麼要製造更多生物呢？」他仔細推敲過後提出這個問題。

　　「**這個**行星上是有很多生物，可是其他行星呢？還沒冒出生命的行星？想一想，如果哪天我們可以在新行星上創造生物，會是什麼情景？」瑞普老師讚許地看了賜特一眼。

　　「聽起來有點白癡。如果我們到一個新的行星，什麼東西也沒有，我們就什麼也不用幹了啊。」

　　「真是個沒想像力的小孩！到時候，我們會成為那個行星的主人！那裡的一切都會屬於我們。」瑞普老師不禁訓了芮國一頓。

　　「等等，這個行星在哪裡？我們要怎麼去？」暉痣提出疑點。

　　「好問題。過來這邊看看。」

　　瑞普老師走到房間的另一邊，牆上掛著一大張描繪太空和恆星的圖。星圖的角落有個紅圈圈，框住了幾個小白點。有許多箭頭指向這個紅圈圈。紅圈圈附近有一個綠色的圈圈，不過綠圈圈的中間好像是空的。星圖旁掛了幾塊白板，上面不是密密麻麻的圖表，就是異常潦草的字跡。看起來和那張星圖脫不了干係。

大伙圍了過來，瑞普老師清清嗓子，指著白板上潦草的字跡，說：「孩子們，這就是未來！**我們**的未來！我猜，你們從來沒想過，我不在學校教書的時候都在做什麼。」

大家點點頭，一致同意老師的推論。的確，他們壓根從沒想過這事。

「你們想破腦袋也想不出來。算了，我還是直接告訴你們答案。」瑞普老師挺起胸膛，抬起下巴，緩緩地宣布：「我是個行星專家，大半輩子都在研究哪裡可以找到新的行星。」

「你找到了嗎？」暉痞問。

「我找到了很多顆。」瑞普老師得意洋洋地回答。

「可是，我們知道的行星不就是那幾顆，火星、土星或木星之類的？」暉痞繼續問。

在場其他男孩用手肘互推。「呦，誰會想到暉痞竟是個好問的書呆子！」探克酸溜溜地評論。

「沒有，我才沒有。我只是好奇而已。」暉痞不大高興。

「啊哈！你說得沒錯！」瑞普老師很高興他的聽眾終於開竅了。「我們都聽過這些繞著太陽運轉的行星，可是我要找的行星非常遙遠，而且繞其他恆星運轉。適合人類居住的新行星並不好找。我花了好幾年利用望遠鏡蒐集資料，研究

系外行星

● 系外行星（exoplanet）指的是繞行太陽以外的恆星運轉的行星。

● 到目前為止，我們已經在太空中發現240顆以上的系外行星，而且每個月都有新的發現。雖然與銀河中數千億顆恆星相比，這樣的數字聽來實在不多，但數量這麼少，實在是因為系外行星不容易發現。恆星體積大且會發光，較容易偵測；行星不但體積小得多，也只能反射所繞行恆星的光芒，因此不易發現。

● 大多數偵測系外行星的技術都不直接。換句話說，系外行星並非直接被觀察到，而是經由它們產生的效應才觀察到的。舉例來說，大型系外行星會透過重力吸引它的恆星，產生小幅移動。這樣的恆星運動在地球上可以觀察得到。有169顆系外行星就是這樣發現的；

好幾百顆外太空的行星；很不幸地，目前找到的行星都太靠近恆星了，溫度太高，不適合人類居住或生物生長。」

「所以你還是沒找到？」暉痞聽來很失望。

「等等，我話還沒說完。外太空的奧妙不是現在的我們可以預測、理解的。你們想想，如果哪天環境改變了，人類將穿過太空，到整個宇宙定居。到時候，如果我們發現一個全新的行星……」瑞普老師指著他的星圖，神采奕奕地說。

「我知道——就像電視演的，每個人都坐太空船去新行星，結果被綠色的外星人給吃掉。」賜特開心地推論。

「不是，不是那個樣子！你要學著分辨科幻小說和科學

這些系外行星體積都很大，比太陽系中最大的巨行星——木星，還大上許多。

● 2006年12月發射的「科羅特衛星」能偵測到恆星亮度細微的變化。系外行星通過恆星前方時，就算體積很小，也能讓恆星產生亮度上的變化。以科羅特衛星的偵測裝備，可以找到比以往更小、體積是地球兩倍以上的系外行星。我們尚未發現像地球這麼小的系外行星。

目前只有4顆系外行星是以攝影的方式直接偵測到。它們體積都很龐大。

事實是不同的。」瑞普老師吆喝，然後手指著星圖上的紅圈圈，慢條斯理地說：「事實上，我最近發現的這個行星，有可能是新的地球。」

「可是，去到那個新的地球很遠很遠咧。」暉痞一臉不可置信。

「沒錯，非常、非常、非常遠。假設我打一通電話問那裡的居民一個問題，要等上好幾年才能聽到對方的答覆。問題從我這裡傳送到那裡，再從那裡傳送回來就需要這麼多時間了。」

「你跟那裡的人講過電話？」四個小孩異口同聲問道。

「沒，沒，沒！我是說**如果**。天啊，你們腦袋都裝些什麼啊？」瑞普相當不耐。

「可是，那邊有住人嗎？」賜特繼續追問，雙腳興奮地交換跳躍。

「很難說。所以我必須到那裡檢查一下。」

「你要怎麼去？」芮國問。他不禁也起了興趣。

瑞普老師看著遠方，若有所思地說：「我這一生的精力都花在尋找新行星這件事。有一次，我幾乎要成功了，可是

半路殺出一個程咬金……。唉,那是我這輩子最大的遺憾。
我這輩子都不會原諒那個害我失敗的人。從此之後,我一直
在等待機會。現在,機會終於來了。你們來得正是時候。」
瑞普老師從口袋裡掏出一封信交給芮國。「這是我在車道上
跟你說的那封信。把它交給喬志的朋友艾瑞克。放進他家信
箱就行了。小心不要讓其他人看到。」

「裡面是什麼?」

「一些資訊。同學們,永遠要記住,資訊就是力量。」
瑞普老師看著他的星圖,伸出被火紋過的手,指著一個包圍
好幾個亮點的紅圈圈。「這封信裡面的資訊就是二號地球在
太空裡的位置。」

暉痞張嘴想追問新行星的問題,瑞普老師打斷他,也不
給其他人發問的機會。「**今天晚上**就把信送去。還有,你們
也該回家了。」瑞普老師把他們趕到走廊上。

「錢呢?我們什麼時候可以拿到錢?」芮國突兀地問。

「星期一到學校的時候來找我。如果你們順利幫我把信
送到,我會給你們一筆可觀的酬勞。現在,給我回家。」

第十九章

　　星期一的午餐時間，喬志安安靜靜地坐在學校餐廳，解決他的午餐。他拿出餐盒，幻想自己打開餐盒時，會看到一袋色彩鮮豔的洋芋片、巧克力棒或橘子汽水。但是一如往常，餐盒裡裝著菠菜三明治、更多的水煮蛋、花椰菜蛋糕，以及老媽自己榨的蘋果汁。喬志大口咬下三明治，無奈地嘆了一口氣。唉，他多希望自己可以吃一些其他小朋友吃的食物。他希望老爸老媽能夠明白，他也像他們一樣關心地球，可是，他想要用自己的方式愛護地球。老爸老媽另類的生活

方式不會為他們帶來困擾，因為他們只跟志同道合的朋友來往。他們不用每天上學，也不用跟芮國那種人打交道。芮國那伙人老是拿喬志的「與眾不同」做文章，嘲笑他穿的衣服很滑稽、吃的東西很奇怪、不知道前一天電視演什麼。每次喬志跟老爸抱怨在學校受的委屈，總是換回一句「如果要拯救地球，我們每個人都應該盡一份力」。

喬志同意老爸的看法，可是，他出的**那份力**竟然讓他在學校成為笑柄，在家沒電腦可用。落得這樣的下場相當不公平，也沒有意義。他曾試著跟老爸老媽解釋電腦有多實用。

「老爸，電腦對你的工作也有幫助，你可以從網路查到很多資訊，也可以用電子郵件動員更多人參加遊行。我可以幫你設定，教你怎麼用。」喬志滿懷希望看著老爸，似乎看到老爸的眼睛閃過一絲興致勃勃的光芒，可是，一眨眼，什麼都沒有了。

「以後不要再提這個了。我們家不會買電腦的，這沒什麼好商量。」老爸斷然拒絕。

努力嚥下那一大口波菜三明治時，喬志想，他喜歡艾瑞克不是沒有道理。他和老爸不一樣，他會認真聽喬志的問題，也會給他合理的答案——喬志可以接受的答案。想到這

裡，喬志不禁懷疑自己傍晚時敢不敢去找艾瑞克。他有好多好多問題想問艾瑞克，也很想請他幫忙檢查演講稿。

午餐前，喬志才鼓起勇氣報名參加科學演講的比賽，最好能一舉拿到電腦。報名表的「題目」那欄，喬志寫下「**來自外太空的神奇岩石**」。這題目看來會很精彩，不過喬志不是那麼確定他的演講內容是不是同樣有看頭。他站在報名看板前，從口袋裡拿出他從外太空帶回來的幸運石——在土星附近撿到的太陽系紀念品。但是當他打開手心一看，心不禁涼了半截，岩石竟然碎成灰了！這顆小石頭真是他的幸運

符。比賽隔天就要舉行，但校內沒多少人報名，即使在報名截止的最後一刻都還有名額。

看到喬志報名，自然科主任高興地跳起來。「幹得好，喬志！就是這樣！我們會好好地表現給他們看！」主任瞇著眼看了喬志一眼。「我們可不能老是讓瑪帕小學囊括所有獎項。」瑪帕小學是當地一所明星

小學，總是抱走每項比賽的獎盃，贏得每場運動比賽。

「老師說得對。」喬志想偷偷把外太空的岩石放回口袋，只是這也逃不過科主任的眼睛。

「孩子，看你滿手都是泥土！」主任隨手拿來一個垃圾桶，命令他：「把那個扔進來。我可不許你兩手髒兮兮地去吃飯。」喬志楞在那裡，腳好像生了根，一動也不動。主任拿著垃圾桶，不耐煩地在喬志面前晃動。「我小時候跟你一樣，常玩得髒兮兮的。」哼，喬志才不信主任這番說詞。在喬志的世界裡，主任生來就是穿西裝打領帶，只會激動地評論少年足球隊，哪有可能玩得髒兮兮的。「把口袋裡面的垃圾丟進來，我就讓你離開。」

喬志勉為其難地把他的心肝寶貝丟進垃圾桶，心想待會兒一定要回來把那灰色的碎屑撿回去。

嚼著三明治，喬志滿腦子都是艾瑞克、外太空，以及隔天的演講比賽。正

當他神遊之際，一隻手從背後伸過來，取走餐盒裡的一塊餅乾。

「呦，你們瞧瞧，喬志的招牌餅乾！」芮國咬了一大口，發出粗魯的咀嚼聲，接著「呸」地一聲把嘴裡的東西吐掉。

喬志不用轉頭也可以想像那個畫面：餐廳裡每個同學都往他這邊瞧，忍不住偷笑。

「哦，真噁心！」芮國裝出嘔吐的聲音，準備再次襲擊喬志的餐盒。「我看看剩下的是不是也一樣恐怖。」喬志實在忍無可忍。這回，當芮國的魔掌伸進餐盒時，喬志以迅雷不及掩耳的速度，把木頭製的盒子用力蓋上，夾住芮國肥嘟嘟的手指頭。

「喔喲！喔喲！喔喲！喔喲！」芮國痛得呼天搶地。喬志打開蓋子，決定放芮國的豬手一條生路。

「吵什麼吵？」瑞普老師大步走過來。「你們這些男生難道不能不惹麻煩、安靜地吃一頓飯？」

　　「瑞普老師！」芮國一臉無辜、百般不捨地摸著受傷的手指。「我只是在問喬志中午吃什麼，結果他竟然欺負我。真的！老師，你要好好懲罰他，罰他整個學期放學後都要留下來！他把我的手弄殘廢了！」芮國對著瑞普老師竊笑。

　　「很好。」瑞普老師冷冷地看了芮國一眼，手指著門，命令芮國離開：「現在去找護士阿姨。之後，再到我辦公室來。我會處理喬志。」芮國假裝垂頭喪氣地離開，其實在低頭竊笑。

　　餐廳頓時陷入一片沉默，每個人都等著看喬志會受到什麼處分。結果，跌破大家的眼鏡，瑞普老師竟然沒把喬志痛

- 207 -

罵一頓，反而跑到他旁邊坐下來！「不用看了！繼續吃你們的飯。等一下就要打鐘了。」瑞普老師揮著滿是疤痕的手，對其他同學大喊。沒多久，餐廳又回復之前的鬧哄哄，大家繼續聊天，不管喬志的事。

「親愛的喬志……」瑞普老師肉麻兮兮地打招呼。

「是的，瑞普老師？」喬志緊張地回答。

「你好嗎？」瑞普老師的聲音聽來好像他很在乎喬志最

近過得好不好。

「喔，還好。」喬志一臉錯愕。

「家裡一切還好嗎？」

「一切……嗯……還可以。」喬志小心回答，希望鬼普別問他卡斯摩的事。

「你的鄰居還好嗎？你最近有看到他嗎？他還在嗎？還是已經離開了？」這時，瑞普老師已經沒法裝得若無其事。

喬志想辦法聽出弦外之音，只要猜出瑞普老師期待的答案，就可以用相反的答案誤導他了。

「或許街坊鄰居會很好奇，他究竟跑到哪裡去了。」瑞普老師的語氣越聽越詭異。「他似乎無緣無故地消失了！不見人影！沒人知道他究竟在哪裡！是這樣嗎？」瑞普老師滿懷希望地瞄了喬志一眼。從那個眼神，喬志確定他一定有哪裡不太對勁。瑞普老師用手指在空中比劃。「就好像，他飛到外太空，永遠不會回來了？你說是不是這樣？」瑞普老師凶巴巴地打量喬志，聽來很希望艾瑞克就這樣人間蒸發了。

「事實上，我今天早上才看到他。」喬志根本沒遇到艾瑞克，可是他的直覺是必須告訴瑞普老師反話。

「可惡，那群該死的小鬼。」瑞普老師氣急敗壞地咒

罵，什麼都沒對喬志說便起身走開。

喬志蓋上餐盒，決定先回布告欄那裡看垃圾桶裡的岩石是不是還在。穿過走廊時，他經過瑞普老師的辦公室，裡頭傳來罵人的聲音。於是，喬志停下腳步，聽聽究竟是怎麼一回事。

「我不是叫你們送那封信嗎？」瑞普老師一貫急躁刺耳的聲音咆哮著。

「我們送了啊！」一個男生嘀咕，聽來是芮國的聲音沒錯。

「不可能。你們一定沒照做。」瑞普老師堅持。

喬志想多聽一會兒，但這時上課鐘響。他想趁下午的課開始前，趕快找回他的幸運石。不料，垃圾桶裡什麼也不剩，只有一個乾淨的塑膠袋。環繞土星的小衛星不見了。

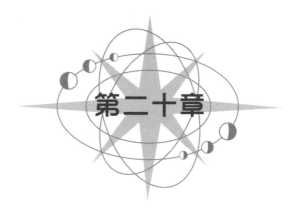

第二十章

　　那天下午喬志走路回家時，下著傾盆大雨。豆大的雨滴淅瀝嘩啦從灰暗的天空落下，車輛駛過路邊的坑洞，將污水全濺到人行道上。冷得發抖的喬志踩著沉重的腳步，來到家門前的那條街。他走到艾瑞克家的前門，猶豫該不該按門鈴。喬志想麻煩艾瑞克幫他檢查演講稿，同時也想知道瑞普老師為什麼認為艾瑞克消失了。可是，艾瑞克會不會還在生他的氣、不想

理他？唉，到底該不該按門鈴呢？天色越來越暗，突然間轟地響起一聲雷。雨勢越來越大，喬志終於打定主意——他不僅要跟艾瑞克討論演講比賽，也要提醒他注意瑞普老師。

叮咚！喬志鼓起勇氣按下門鈴。等了幾秒，沒任何動靜。就在他考慮是否要再按一次門鈴時，門打開了。艾瑞克

探出頭來。

「喬志，是你啊！進來吧！」艾瑞克伸手邀請喬志進屋，砰地一聲迅速把門關上。喬志站在玄關，外套上的雨水滴得整個地板都是。

「我很抱歉。」喬志結結巴巴地說。

「為什麼？你做了什麼？」艾瑞克一臉吃驚。

「嗯……關於安妮……還有彗星……跟卡斯摩。」喬志提醒艾瑞克。

「哦，那件事！我早就忘了！既然你提起來，別擔心，安妮跟我說過了，那是她出的主意，不是你。是她要你到外太空去的。我想事情應該是這樣，沒錯吧？」艾瑞克那雙明亮的眼睛，透過厚重的眼鏡對著喬志眨啊眨的。

「嗯，事實上是這樣沒錯。」喬志終於鬆一口氣。

「原來是這樣。那應該是我跟**你**道歉才對，是我錯怪你了。我不該驟下結論。本來我該全盤考慮所有的證據，卻只用常理判斷——也就是所謂的偏見，結果得到一個錯得離譜的答案。」

喬志並不完全瞭解艾瑞克在說什麼，只能點點頭。他聽到書房傳出講話聲。

「你們家在辦派對哦？」

「嗯，算是某種派對吧。一些科學家在我家聚會，所以我們管它叫會議。你何不進來聽聽？你可能會有興趣。我們正在討論火星。安妮剛好不在家，沒法參加。她去阿嬤家還沒回來。不過如果你留下來聽，之後可以說給她聽。」

「好啊！」喬志簡直樂昏頭了，早把來找艾瑞克的目的遠遠拋在腦後。他脫下外套，跟著艾瑞克進書房。有位女士正在講話。

「……這就是為什麼我同事和我都極力主張仔細搜索我們的鄰居。誰曉得紅色的地表下會挖到什麼……」

喬志和艾瑞克躡手躡腳走進書房。書房跟上次喬志進來時完全不一樣：書本整整齊齊地放在書架上，裱了框的宇宙海報好好地掛在牆上，一疊摺得方方正正的太空衣有條不紊地堆在牆角。書房中間，一排排椅子坐著各種膚色和體型的人，看來這些科學家來自世界各地。艾瑞克向喬志指了一個空位，食指放在嘴巴前，要喬志靜靜聽講。

站在前方的主講人是位高挑的美女，濃密的紅髮紮成一條過腰的辮子，笑起來，那雙綠色的眼睛閃耀碎鑽般的光芒。在她後方，透過卡斯摩的宇宙之窗可看到一個紅色行星。

　　「如果很久以前，火星有生物，是不是可以輕而易舉地
在火星表面發現生命存在的證據？我們不該忘記：沙塵暴不
時會劇烈改變火星的表面，將火星的過去深深埋在一層又一
層無生物表層之下。」

　　主講人解釋的同時，宇宙之窗秀出巨型沙塵暴掃過火星
表面的景象。

　　艾瑞克靠過來小聲跟喬志解釋：「她的意思是，就算火
星上曾經有生物，我們今天也沒辦法看到。我可以明白告訴
你，這位科學家堅信火星在某個階段是有生物的。有時候，
她甚至宣稱火星上目前仍有生物。如果是這樣，那會是一項
偉大的發現。就現階段而言，我們沒辦法作太多評論。我們

必須登陸火星這個美麗的行星，親自找出答案。」

喬志正要問為什麼火星是紅的，卻發現演講即將結束。

「中場休息前，有人有問題嗎？用過茶點後，我們將要討論最後一個、也是最重要的議題。」

聽到可以休息片刻，在場的科學家不約而同地低喃：「哦，茶點！」可沒人想發問。

倒是喬志覺得很可惜，只聽到一小部分，於是，他舉手發問。

艾瑞克宣布：「那麼，各位好好享受茶點吧。」他也沒看到喬志舉手。

科學家們衝向房間角落的茶几，想趕在別人出手前，以秋風掃落葉的速度，將果醬夾心餅乾一掃而空。

但紅髮的主講人注意到喬志瘦弱的手還舉在半空中。

「嗯──，各位同事，看來還是有人想發問。」她看著喬志。「是我們的新朋友。」

其他科學家轉過身看喬志。看到是個小不點，他們都笑笑地拿著茶杯和點心回座。

「你想知道什麼？」

「嗯……請問……如果妳不介意。」喬志突然害羞起來，擔心他的問題會太蠢，被這些科學家笑。他深深吸一口氣，問道：「為什麼火星是紅色的？」

「好問題！」一位正忙著把茶吹涼的科學家讚道。喬志這才鬆一口氣。主講人葵吡卡叱卡教授（沒人能正確念出她的名字）點點頭，開始回答喬志的問題。

「如果你爬過地球上某些山丘或高山，有時候

會看到一塊塊紅色的地形，光禿禿的、沒有任何植物生長，例如美國大峽谷。地球上還有許多地方也是這樣。地表呈現紅色是因為土壤所含的鐵生鏽了。當鐵氧化——氧化和生鏽是一樣的意思，就會變成紅色。火星表面的土壤因為含有氧化的鐵，我的意思是生鏽的鐵，所以火星是紅的。」

「妳的意思是，火星是鐵做的？」

「嗯——，也不盡然。自從我們派遣機器人到火星勘查後，我們得到的資料顯示，火星呈現的紅色只來自於表面薄薄一層生鏽的鐵粉。在那層紅色塵土之下，火星的表面似乎和地球相當類似，只是地球表面有水。」

「所以火星上沒有水囉？」

「有水，可是火星上的水不是液體。火星白天的溫度太

高了，只要是水都會變成蒸氣，消失不見。唯一有水的地方是不論白天、夜晚，氣溫都非常低的地方，水才能凝固或凍結。這種情形只有在火星兩極才會發生。我們已經在火星

火星

 火星是最靠近太陽的第4個行星

與太陽的平均距離：2億2,790萬公里
赤道直徑：6,805公里
表面積：地球表面積的0.284倍
體積：地球體積的0.151倍
質量：地球質量的0.107倍
赤道重力：地球赤道重力的37.6%

火星這顆由岩石組成的行星，核心是由鐵質構成。在火星核心和紅色的地殼之間，有一層厚厚的岩石層。火星的大氣層非常稀薄，95.3%是二氧化碳，人類沒辦法呼吸。火星上，平均溫度非常低，約為攝氏零下60度。

太陽系中最大的火山群位於火星表面。

火星最大的火山是奧林帕斯山（Olympus Mons）。火山涵蓋的面積呈碟形，最寬距離有648公里、高度達24公里。地球上最大的火山在夏威夷，名為洛阿山（Mauna Loa），高度海拔4.1公里，若從海底的山脈底部量起則有17公里。

的北極發現大量凍結的水，也就是冰塊。這點和地球一樣。地球的冰庫也在南、北兩極。我這樣解釋，回答了你的問題嗎？」

因為火星有大氣層，才有所謂的天氣。火星的天氣很像是被嚴寒沙漠覆蓋的地球。沙暴很常見，曾觀察到挾帶水冰雲層的強大颶風暴，面積達英國的十倍以上。

● 一般咸信火星表面曾有水流動，當時的溫度除了容許有液態水存在，那些水還刻畫出我們現在在火星表面看見的水道凹槽。今天，唯一證實火星有水存在的地方就是兩極常年不化的冰冠，由水冰與固態的二氧化碳混合而成。

火星有2個小衛星：
弗伯斯（Phobos，火衛一）
和戴莫斯（Deimos，火衛二）

● 然而，在2006年12月，科學家觀看火星表面新成形的溝渠照片時，提出一個驚人的可能：火星上可能仍有液態水深藏在地表下。

「回答了。謝謝妳！」當下一個問題在喬志的腦子裡打轉時，坐在前面的艾瑞克站了起來。「葵叱卡叱卡教授，謝謝妳關於火星的報告。」

葵叱卡叱卡教授向聽眾鞠躬並回座。

艾瑞克繼續說：「各位朋友和同仁，在我們進入最後一個重要議題前，我想藉由這個機會致上我個人的謝意，謝謝大家百忙中抽空參加今天這場討論。有幾位朋友甚至搭飛機從地球另一頭趕過來。我相信今天的報告一定讓大家覺得值回票價。同時，不用我提醒，大家都很清楚要嚴守卡斯摩這個祕密。」

與會人士一致點頭同意。

「現在，我們面臨一個問題。這個問題牽涉所有科學人的基本利益。我們都很清楚科學可以為非作歹。有鑑於此，我們許下了『科學家誓言』，確保科學只能增進人類福祉。但是，我們現在陷入一個兩難的困境。你們也看到或聽到媒體報導上週六的環保示威遊行，越來越多人關心地球的狀況。所以我們現在不得不問：我們應該找出解決之道，致力改善地球上的生活，還是到外太空尋找一個適合人類居住的行星？」

　　在場的科學家陷入一片沉默，表情嚴肅。他們在一張小紙條上寫下自己的答案，交給艾瑞克。艾瑞克把答案收集在一頂帽子裡。投票的人包含艾瑞克和那位紅髮主講人，共有八位。艾瑞克攤開紙片，一張一張唱票：

　　「地球。」

　　「地球。」

　　「新行星。」

　　「新行星。」

　　「新行星。」

　　「地球。」

　　「地球。」

　　「新行星。」

　　「喔，看來是平手。」

　　紅髮的葵叱卡叱卡教授舉起手。「我可以給個建議嗎？」其他人點點頭。葵叱卡叱卡教授站起來，直接對喬志說：「喬志，我們都是這個領域的專家，想法也許有盲點，所以我們可以聽聽你的意見嗎？」

　　在場所有科學家盯著喬志，等他發言。頓時，喬志覺得相當不好意思，沉默了好幾秒。

　　「只要說出你真正的看法就好了。」葵叱卡叱卡教授低聲說。

　　喬志的手指在大腿上扭來扭去，不知該說什麼。他想起爸媽和那些環保人士，又想到刺激的太空旅行，以及在外太空尋找新家。他忍不住對科學家們說：

　　「為什麼不兩個都做呢？」

第二十一章

　　聚會結束後，艾瑞克和喬志向科學家們道別，艾瑞克不禁對喬志說：「喬志，你今天真是大出風頭。」兩個人回到書房，著手收拾餅乾包裝、喝了一半的茶、舊原子筆、用開會講義折成的紙飛機。「我們必須想辦法拯救地球，**同時**尋找新行星，而不是二選一。」

　　「你想你和你朋友會同時做這兩件事嗎？」喬志問。

　　「沒錯，我是這麼想的。喬志，搞不好下次可以邀請你父母參加我們的聚會。我聽到你爸爸前幾天在氣候變遷遊行的演講，說不定他有什麼想法可以提供給我們？」

　　「喔，拜託，不要！」喬志驚恐地否決。老實說，他甚至不確定老爸會贊同艾瑞克和那些友善的科學家。「我不認為我爸會來參加。」

　　「說不定，他會做些你意料之外的事。要有一番作為，

我們必須同心協力拯救地球。」艾瑞克開始收拾滿屋子的凌亂。看來，這些科學家忘掉的物品還真不少：外套、帽子、上衣，甚至一隻鞋子。「你還特地過來道歉，真好。」艾瑞克隨口提起，手上抱著一堆有如小山的遺失衣物。

「嗯，事實上，那只是我過來的原因之一。」艾瑞克把衣服扔在牆角，回頭看喬志。喬志緊張得一股腦兒招認事情的來龍去脈：「我報名參加一項科學演講比賽。有點像你們剛才的會議，只不過參加的人都是小孩子。第一名的獎品是一台大電腦。我已經打好草稿，可是我很怕寫錯一大堆地

方，會被大家笑。」

「有，安妮跟我提過這件事。」艾瑞克一臉嚴肅。「我手邊有一些資料或許可以幫得上忙。巧的是，你和安妮的彗星之旅給了我一個靈感，我決定著手為你和安妮寫一本關於宇宙的書。我記了一些筆記，可能對你的演講比賽有用。」艾瑞克拿起一盤餅乾。「吃一點吧！腦筋才會靈光。」

兩、三下，喬志就吃個盤底朝天。

「這樣吧，我有個主意，你看看如何？」艾瑞克若有所思地說：「你能先幫我把書房弄乾淨嗎？安妮警告過我，不可以趁她不在家時，把家裡搞得一團亂。然後，我們就可以開始討論你的演講稿，還可以跟你講一遍我的筆記。怎樣？你覺得這個提議如何？」

「當然好！」聽到艾瑞克應允，喬志高興地跳了起來。「你要我從哪裡開始？」

「喔，先掃掃地吧。」艾瑞克含糊地說，並隨性往一疊搖搖欲墜的椅子靠，一個不小心，椅子塌下來，發出一聲巨響。喬志忍不住噗哧一聲笑出來。

「現在，你知道我為什麼需要幫忙了吧。」艾瑞克的聲音充滿歉意，但眼中漾著笑意。「那我把椅子扶起來，你把

地板上的泥巴掃一掃？」地板上盡是科學家留下的腳印。唉，看來這些人沒有一個記得進門前要在腳踏墊上把泥巴抹乾淨。

「好啊。」喬志把最後一口甜點塞進嘴巴，便跑到廚房拿了小畚箕和小掃帚，清理頑強的泥印。掃著掃著，一張紙片掃進小畚箕裡。喬志把紙片撿起來，正打算丟掉時，他發現那是一封寫給艾瑞克的信。信封上「艾瑞克」三個字的筆跡看起來有股莫名的熟悉感。

「艾瑞克，你看這是什麼？一定是有人不小心掉的。」喬志把信遞給艾瑞克，繼續埋頭掃地。艾瑞克接過信，打開來看。突然，喬志聽到艾瑞克像是中了頭獎一樣，興奮大叫：「我知道了！」喬志抬頭看了艾瑞克一眼。艾瑞克站在那裡，手中拿著一張紙，臉上泛著喜悅。

「怎麼了？」

「我剛剛得到一個驚人的消息！如果消息

正確……」艾瑞克瞅了那封信一眼，拿到厚厚的眼鏡前仔細研究，喃喃自語念出一大串數字。

「那是什麼？」

「等一下。」艾瑞克似乎在盤算著什麼，扳起手指算了好幾位數，皺著臉，搔著頭，低聲嚷道：「沒錯！沒錯！就是這樣。」接著，艾瑞克把信塞進口袋，把喬志從地上拉起，興高采烈地拉著他的手轉圈圈。「喬志，我找到答案了！我想我知道了！」下一秒，艾瑞克又好像想起什麼，連忙把喬志放下，跑去卡斯摩那裡咚咚咚地敲下指令。

「你知道什麼了？」喬志被搞得昏頭轉向。

「哎呀呀！真是太了不起了。」艾瑞克激動地敲著鍵盤。一束巨大光束從卡斯摩的螢幕射入書房中央，這台神奇的電腦又造出一道門了。

「你要去哪裡？」喬志問道。此時，艾瑞克忙著把自己塞進太空衣。忙亂中，把兩隻腳塞進同一個褲管，跌個四腳朝天。喬志拉起艾瑞克，幫他穿上太空衣。

「真是**踏破鐵鞋無覓處，得來全不費功夫呀！**」艾瑞克邊扣上腰帶，邊自言自語。

「究竟怎麼一回事？」看到艾瑞克一副魂不守舍的樣

子，喬志開始覺得事有蹊蹺。

「那封信啊！喬志，那封信，也許就是答案！我們一直想知道的答案。」

「那是誰寄給你的？」喬志覺得事情不太對勁，可是又說不出哪裡怪。

「我不知道。上面沒寫。」

「那你不應該輕易相信上面寫的東西啊！」

「喬志，你在胡說些什麼？這封信一定是聚會時某個科學家留下來，要我用卡斯摩確認裡面的資料。我想，他是想先確認這是否正確，再發布消息。」

「那他為什麼不直接問你？還要大費周章地寫這封信？」喬志追問，絲毫不被艾瑞克的假設說服。

「因為，因為，因為。總之，他一定有充分的理由。等我回來，謎底就會揭曉。」喬志看到卡斯摩的螢幕佈滿一長串數字，好奇地問：「那是什麼？」

「那是我接下來這趟旅行的座標。」

「你現在就要走了喔？那我的演講怎麼辦？」喬志一臉落寞。艾瑞克停下腳步，對他說：「喔，喬志，我很抱歉！可是我真的得先走了。這件事太重要了，片刻都不能耽擱。

你的演講沒有我也可以搞定啦！你看著吧……」

「可是——」

「喬志，沒有**可是**。」艾瑞克戴上玻璃頭盔，透過通話器對他說：「非常謝謝你找到這封信！這封信對我意義重大。我得走了。再——見——！」

喬志還想開口說些什麼，但艾瑞克早就跳出通往太空的那扇門，消失在黑漆漆的太空世界。

門砰地一聲關上。頓時，書房裡只剩喬志孤伶伶一個人。

第二十二章

　　門關上後，書房陷入一片死寂。一個微弱的哼唱聲打破寂靜。喬志環顧四周，看是誰在唱歌，沒想到竟是卡斯摩。卡斯摩一邊處理數據，一邊哼著小調，只見螢幕上閃過一長串數字。

　　「叭—叭—叭—叭—」卡斯摩輕吹口哨。

　　「卡斯摩。」喬志喊道。被艾瑞克放鴿子後，卡斯摩輕快的口哨聲聽在喬志耳裡格外刺耳。

　　「噹—嘀—噹—噹—」卡斯摩唱著歌回應。

　　「卡斯摩！」喬志提高語調。「艾瑞克跑去哪了？」

　　「嗒—啦—啦—啦—」卡斯摩精神奕奕地繼續在螢幕上跑著長串的天文數字。

　　「卡斯摩！不要再唱了！**艾瑞克跑去哪了？**」這次喬志的語氣多了一分急切。

「他跑去找新的行星了。」卡斯摩的口哨聲嘎然而止，帶著訝異的語氣回答：「很遺憾你不喜歡我的歌聲。我通常一邊工作，一邊唱歌，砰—砰—砰—砰—」

「**卡斯摩！他在哪裡？**」喬志忍不住對卡斯摩大吼。

「嗯，這很難解釋……」

「你怎麼不知道？你不是萬能嗎？」喬志一臉不可置信。

「很不幸，我並非萬能，也不理解我沒看過的東西。」

「你是說艾瑞克不見了？」

「不是，不能說不見。他去幫我開發宇宙的新區域，而我順著他的足跡，畫下宇宙地圖。」

「好吧。」得知艾瑞克安然無恙，喬志大大鬆了一口氣。「我猜一定是非常特別的東西，不然他不會急著——」

「不，不。」卡斯摩打斷喬志。「只是宇宙某塊未被發現的區域罷了。沒什麼大不了的，一天的工夫就可以完成了。」

這下子喬志被弄糊塗了。如果真像卡斯摩說的，只是找尋一個未知地，為什麼艾瑞克會十萬火急地衝去外太空？以喬志對艾瑞克的瞭解，他和其他大人不一樣。艾瑞克總是把他當朋友，詳細解釋他要做什麼以及背後的原因。可是，這一回，他就這麼急急忙忙地走了，什麼也沒解釋。

突然，一個念頭閃過喬志的腦海，何不跟在艾瑞克後面到外太空一探究竟？然而，一想到上次他和安妮沒得到艾瑞克的允許就跑到外太空，艾瑞克大發雷霆的樣子，喬志馬上打消這個念頭。唉，也許他不夠瞭解艾瑞克，也許艾瑞克就跟其他大人一樣，覺得小孩子不用知道那麼多……。喬志垂頭喪氣地拿起濕淋淋的外套和書包，準備回家。

打開大門，正準備踏出去時，喬志想起他來找艾瑞克有**兩件事**。他只提到科學演講比賽，興奮之餘，完全忘了另一件事——警告艾瑞克小心瑞普老師。

那封信！喬志無意間聽到瑞普老師問芮國和他那些狐群狗黨，是否把那封信送出去。**瑞普不是也問喬志，艾瑞克是不是消失了？**把這幾個事件兜在一起，喬志豁然開朗——艾瑞克收到的那封信**一定是瑞普老師說的那一封！**二話不說，喬志趕緊衝回書房，連大門都忘了關。

　　書房裡依舊洋溢卡斯摩輕快的歌聲，卡斯摩還在工作。
在桌子上，喬志看到那封讓艾瑞克欣喜若狂的信。

艾瑞克，你好：

　　本人知道你仍然努力不懈地在外太空尋找一個適合人類
居住的新行星。

　　在此，希望你能注意一個本人無意間發現的行星。它的
大小跟地球不相上下，和恆星之間的距離，與地球和太陽之
間的距離差不多。據我所知，沒有一個行星像這個秘密行星
一樣，如此適合人類居住。我相當確定它有類似地球的大氣
層，可供人類呼吸。

　　本人覺得你是驗證這個消息的最佳人選，期待能早日聽
到你的回音，讓我知道你對這件事的看法。附上秘密行星的
座標，以便你搜尋。

　　　　　　　　　　　　　　　　　　　　G.R.　敬上

　　當喬志看完整封信，整個人不寒而慄。他非常清楚以縮
寫署名的G.R.是何許人也，信上的筆跡對喬志而言再熟悉不
過，和成績單上「如果喬志繼續在課堂發呆，不認真聽課，

將來一定一事無成」那類評語是出自同一人──瑞普老師。

而且，鬼普也知道卡斯摩的存在！這一切都是個陷阱！

「卡斯摩！」喬志不得不打斷正盡情唱著「一閃一閃亮晶晶……」的卡斯摩。「現在就帶我去找艾瑞克！你可以找到他嗎？」

「我試試看。」一連串影像在卡斯摩的螢幕上出現。一個像海星的物體，有細長的手臂，扭曲成螺旋狀。上面一排字寫著：**我們的星系，銀河。**

卡斯摩滔滔不絕地開始介紹：「我們的銀河約由兩千億顆星星構成。太陽只是其中之一──」

第二十三章

「不要再跟我講解那些有的沒的。現在情況非同小可，我沒時間了。」喬志焦急地對卡斯摩大吼大叫。

吃了喬志一陣排頭，卡斯摩似乎在生悶氣，畫面上銀河的鏡頭迅速往螺旋裡鑽，越鑽越細。就如卡斯摩所言，喬志看到的旋狀物是由數不盡的恆星所組成。颼地一聲，影像以目不暇給的速度略過這些恆星，來到一個似乎什麼都沒有的地方，最後停在一個畫面。螢幕看起來好像上下一分為二：下半部佈滿滿天星斗；上半部一片漆黑，除了一條不斷往上延伸、快碰到螢幕邊緣的細線。螢幕黑漆漆的上半部似乎是宇宙未知的部分，而不斷延伸的

木星是太陽系裡最大的行星。照片中右邊的黑點是木星的一顆衛星所產生的陰影。左邊的大紅斑是一個風暴，人類從地球上觀測這個風暴已經有 300 多年。

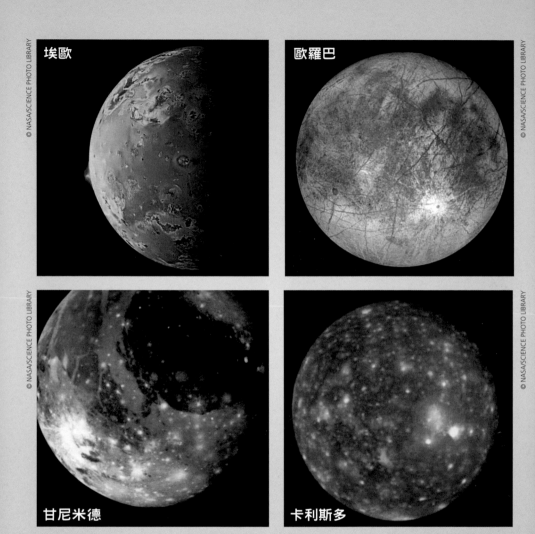

上面這四張圖片是木星的衛星中體積最大的前四個。埃歐（木衛一）以密集的火山運動而聞名。一般認為歐羅巴（木衛二）在表面的冰層底下超過100公里深的地方藏有液態海洋。甘尼米德（木衛三）上有古老的隕石坑。卡利斯多（木衛四）上則發現顯示各種侵蝕過程的痕跡。

這是「精神號」（Spirit）探測車於 2005 年 5 月 19 日在火星上拍攝的日落照片。

火星。中央橘色的部分是個巨大的沙塵暴，行星最上方及左邊藍白色的地方是水冰雲。

© JOHANNES SCHEDLER/AUSTRIA

火星和它的衛星。

© EUROPEAN SPACE AGENCY/DLR/FU BERLIN (G. NEUKUM)/SCIENCE PHOTO LIBRARY

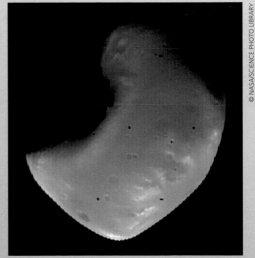

© NASA/SCIENCE PHOTO LIBRARY

火星的衛星體積太小，無法形成圓形。上圖為弗伯斯（火衛一），是離火星最近、最大的衛星。

戴莫斯（火衛二）。是離火星最遠、最小的衛星。

這張照片是從「丈夫山丘」山頂拍攝到的火星全景圖。丈夫山丘是「哥倫比亞丘陵」的一座山峰；哥倫比亞丘陵是為了紀念在「哥倫比亞號太空梭」上罹難的太空人而命名的。這張照片是在 2005 年 8 月由精神號探測車所拍攝。

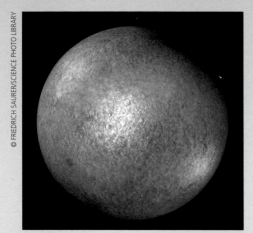

矮行星穀神星的電腦繪製圖。穀神星是小行星帶最大的星體。目前還沒有太空船到達任何矮行星。

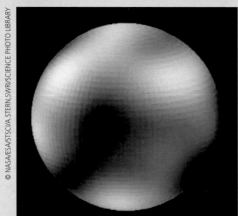

矮行星冥王星。照片由哈伯太空望遠鏡拍攝並經過電腦處理。

矮行星鬩神星的電腦繪製圖。太陽系三顆矮行星之中，鬩神星是最大、也是最外圍的一顆。

細線正要揭開謎底。

　　這時細線尾端出現一個移動的箭頭，箭頭旁的標籤好像寫著什麼，可是字實在太小，喬志根本看不出個所以然來。

　　「上面寫些什麼？」

　　卡斯摩沒吭聲，但標籤逐漸變大，喬志終於看到「艾瑞克」三個字。

　　「他在那裡！幫我把宇宙之門打開，到箭頭附近。」喬志下令，在鍵盤上按下 ENTER 鍵。

　　「喬志為協會的一員。授權獲准。請穿著太空衣。」卡斯摩如同以往用了無生氣的語氣處理指令。

　　喬志**翻**遍牆角那堆太空衣，就是找不到之前穿的那一件。艾瑞克的舊太空衣又都太大了，不得已，喬志只好穿上安妮那件粉紅色的舊太空衣。粉紅色的太空衣穿在喬志身上有點緊，他渾身不對勁。他心想，算了，反正到了外太空只有艾瑞克一人，沒有別人會看到他這身穿著，將就一下吧。喬志一扣上太空衣腰環，卡斯摩已經畫好了宇宙之門。

　　喬志往前跨一步，打開宇宙之門，用雙手抓住門框，探頭往外看，雙腳仍牢牢定在艾瑞克的書房內。眼前的外太空和上次他跟安妮去的外太空沒什麼兩樣，只是這裡看不到任何行星，景象也和卡斯摩螢幕上顯示的畫面很不一樣──沒有分成上下兩半。繁星滿天，只是不見艾瑞克的影子。

　　「**艾瑞克！你聽得到我的聲音嗎？**」

　　沒有任何回應。也許喬志現在所處的位置不對。他回頭往書房內卡斯摩的螢幕一看，「艾瑞克」那個箭頭還在，一旁有個新標籤，寫著「喬志」。原來，喬志從宇宙之門看出去的景象還來不及顯示在卡斯摩的螢幕上。卡斯摩必須先處理完一些資料，才會顯示喬志所在的位置。

　　喬志靠著門，確定自己不會掉下去，又把頭往外探出去。

　　「**艾瑞克！你在那裡嗎？你可以聽到我的聲音嗎？**」

　　「誰在叫我？」喬志的通話器傳來一個微弱的聲音。

　　「**艾瑞克，你在哪裡？你可以看到宇宙之門嗎？**」

　　「哦，哈囉，喬志！可以，我可以看到你。不要再叫了。你叫得太大聲了。我現在就從你的左邊過來。」

　　喬志往左邊一看，一顆小行星緩緩穿過太空往他飛來，上面坐的正是艾瑞克。他雙手各抓著一條用釘子固定在小行

星表面岩石上的繩子，看起來相當愜意。

「你在這裡做什麼？」艾瑞克問。

「我們趕快回去！」喬志急忙解釋並壓低聲音。「那封信是鬼普寄的！都是我的錯！是我跟他說了卡斯摩的事！」

「喬志，」艾瑞克不為所動。「我正忙著手邊的工作。等下回去我再跟你討論這件事。你要知道你不該跟其他人談論卡斯摩的。喬志，把宇宙之門關上，然後回家！」

「你沒聽懂我的話！鬼普很可怕！我認識他，他是我的老師！那封信是個陷阱！拜託，現在就回去啦！他今天早上還問我，你是不是消失不見了！」

「真是夠了！別再胡鬧了！你看看，這四周哪裡危險了？」艾瑞克不耐煩地打發喬志：「現在就回家去。把卡斯摩忘了吧。唉，我真不知道那時該不該讓你認識卡斯摩。」

喬志打量艾瑞克所在的小行星。幾秒後，小行星就會靠近了，近到可以讓他跳上去。喬志往後退了幾步，停頓一下，便全力衝出宇宙之門，盡可能往小行星跳去。

喬志聽到艾瑞克大叫：「天啊！**喬志，抓住我的手！**」

第二十四章

　　喬志飛過空中，伸出的左手剛好抓住艾瑞克的雙手。艾瑞克把他拉過去並肩而坐。他們身後，返回書房的宇宙之門早已不見蹤影。

　　「**喬志，你瘋了嗎?!** 如果我沒抓住你的手，你可能永遠消失在太空中！」艾瑞克氣急敗壞地說。

　　「可是──」

　　「**什麼都不用說了！**我現在就把你送回去！**現在！**」

　　「**不！你先聽我說！我有一件很重要的事要告訴你。**」

　　「什麼事？」終於，

212

艾瑞克聽出喬志心急如焚。「喬志，發生了什麼事？」

「**你必須跟我回去**！都是我不好，我跟我的學校老師瑞普說了卡斯摩的事。那封關於新行星的信就是他寄的！」不讓艾瑞克有任何接話的餘地，喬志喋喋不休地說：「今天早上，他問我你是不是不見了！他真的這樣問我！艾瑞克，這是他設的陷阱！他要害你！」

「鬼普……瑞普！……哦，我明白了！所以，那封信是葛拉漢寫的！看來，他又找上我了。」

「葛拉漢？」

「沒錯，葛拉漢，他的全名是葛拉漢・瑞普。我們以前都叫他葛老。」艾瑞克顯得心平氣和。

「你**認識**他？」喬志在頭盔裡倒抽一口涼氣。

「是啊。我們很久很久以前是同事，可是我們為了一件事起了爭執，結果導致一場意外，瑞普嚴重灼傷。從此，他就獨來獨往，我們最後也撤銷他『人類利益科學探究會』的會員資格，因為我們非常擔心他會誤入歧途。可是，你知道他在那封信裡面跟我說了什麼嗎？」

「知道啊，不過是另一個行星罷了。」喬志想起艾瑞克匆匆離開的情形。

「**只是**另一個行星？喬志，你在開什麼玩笑！葛拉漢跟我說的那顆行星可能適合人類居住！長久以來，我千辛萬苦想找這樣一顆行星，現在，它就在眼前！」艾瑞克指著眼前兩個小點，一大一小，大的比小的還要亮。「你看，**就在那裡**！那個大的亮點是一顆恆星，小點是我們正要前往的行星。這顆行星本身並不發光，它的光是反射它的恆星而來，就像月光是月亮反射太陽光所產生的。」

「可是，鬼普很可怕！」喬志抗議。他真不明白，為什麼艾瑞克和卡斯摩每次面對危險，還能滔滔不絕地說大道理。「鬼普不可能無緣無故告訴你新行星的座標！其中一**定**有詐！」

「別緊張，喬志。你知道我可以隨時叫卡斯摩打開宇宙之門讓我們回去。我們很安全。你的老師和我過去的確有些爭執，可是

過去的都過去了，我相信他決定讓過去一筆勾消，跟我攜手解開宇宙的謎團。此外，我已經在我們的頭盔加裝新的天線，就算天線受損，仍然可以跟卡斯摩聯繫。」

「為什麼你不直接叫卡斯摩把你送去那顆新行星呢？就這麼做吧。我們先回你的書房。」

「啊哈！那行不通。卡斯摩不知道未知的事，勘查尚未被發現的地點是我的責任。我必須先探索，下次卡斯摩才能再帶我們過去，你剛才就這麼找到我的。總之，初次冒險得靠我。」

「你確定沒問題？」

「一切包在我身上。」艾瑞克胸有成竹地表示。

喬志和艾瑞克陷入沉默。片刻後，喬志才放下心來，把鬼普的事暫擱一旁，左右張望，看自己現在身在何處。為

了警告艾瑞克，他幾乎忘了他人在外太空的一顆岩石上！四周一片寂靜，顯得相當平和，放眼望去，太空的景色一覽無遺。兩人腳下這顆小岩石越來越接近剛才看到的恆星和行星，兩顆星體的體積也越來越大。

然而，岩石的路徑越來越不對勁。上次喬志和安妮遇到的那顆彗星飛過巨行星和地球時，改變了方向。這次，四下不見任何會產生引力的行星，腳下的岩石卻改變了路徑，往截然不同的方向前進，離艾瑞克想看的行星越來越遠。

「發生什麼事了？」

「我不確定！你幫我看看天空中是不是有哪一塊是一顆星星也沒有的？卡斯摩，以防萬一，把宇宙之門打開。」

卡斯摩似乎沒聽到艾瑞克的指令，宇宙之門一直沒出現。

喬志和艾瑞克往岩石前進的方向望去，周遭盡是星星——除了右邊一個區塊，而且那個區塊持續不斷擴大。

「艾瑞克，你看那邊！」喬志指著右邊那團越來越暗的區塊，周圍的星星以奇怪的軌跡移動，似乎整個太空都被扭曲了。

「**慘了！**」艾瑞克大叫：「**卡斯摩，趕快打開宇宙之門！**」

宇宙之門還是沒出現。「**那是什麼？**」喬志問，心裡有

股不祥的預感。不斷擴大的黑色區塊逼近眼前，占去一半以上的視線。儘管他們兩個離黑色區塊很遠，仍然可以看到區塊外面的星星軌跡異常。

「**卡斯摩！**」艾瑞克使出全身的力氣，又呼叫了一次。

「盡──力──中──」卡斯摩氣若游絲，宇宙之門還是不見蹤影。

喬志腦子一片空白！黑色區塊有如龐然大物一般逼近，周遭的空間開始變形。一些黑色區塊甚至出現在他們左右，將他們包圍住。喬志再也分不清上下左右了，黑色區塊瞬間從四面八方湧過來，好像要把他們活活吞下去似的。

「**卡斯摩！快點──**」艾瑞克大聲求救。

一道模糊不清的宇宙之門出現在他們面前，艾瑞克抓住喬志的太空衣腰帶，用力把他推向門口。就在喬志往宇宙之門飛去時，他看到艾瑞克企圖跟上來，好像在喊些什麼，聲音卻被扭曲了，根本聽不清楚。

就在喬志落在艾瑞克的書房地板上、宇宙之門即將關上、外太空的景色消失之前，喬志看到艾瑞克被黑色區塊完完全全地吞沒。直到這時，喬志才聽清楚艾瑞克在喊什麼：

「**去找我的新書！有關黑洞的書！**」

第二十五章

穿過太空門，**砰**地一聲，喬志重重跌在地板上。這次的太空旅行好像吸乾他所有力氣，回到艾瑞克的書房後，還氣喘吁吁地躺在地板上休息了好一會兒，才爬起來。喬志搖搖晃晃地站起來，以為會看到艾瑞克在他後面跌跌撞撞地穿過宇宙之門。結果他大失所望，只見宇宙之門的輪廓逐漸模糊、搖晃，眼看就要消失了。「**艾瑞克！**」喬志放開喉嚨大叫，沒人回應。緊接著，宇宙之門也消失得無影無蹤。

「**卡斯摩！**快！我們必須──」喬志解除頭盔的語音裝置，十萬火急地對卡斯摩大喊。可是一轉身，他完全傻眼了──卡斯摩不見了！原本放卡斯摩的書桌上空無一物，只剩纏繞一團的彩色電線。喬志瘋狂地在書房裡搜索，發現書房的門敞開了。他趕緊跑出去，穿過走廊，發現屋子大門竟然也是開的。一股夜晚的冷風吹進來。喬志也不管一身笨重

的太空衣,衝到街上。隱隱約約,他看到前方有四個人影在街上奔跑。其中一人背著一只笨重的帆布背包,背包口還有電線露出來。喬志穿著千斤重的太空衣,死命地在後面追這群小偷。呼呼的風吹來,喬志耳邊也傳來一個熟悉的人聲。

「喂,你給我小心點!」喬志聽到芮國在叫罵。

「嗶!嗶!嗶!非法行動!未授權指令!」帆布背包裡發出一陣陣刺耳的噪音。

「搞什麼鬼啊,這東西沒插電還會一直叫?它哪時候才會停啊?」背著帆布背包的探克破口大罵。

「救命啊!趕快來救救我啊!世界無敵的電腦被綁架

了！你們不可以這樣對我！強力警報！強力警報！」

「等一下它的電池沒電，就沒事了。」暉痞猜測。

「放開你的髒手，你這個卑鄙的無賴！你讓我在裡面撞來撞去，這樣有損我的電路。」

「哼！踉什麼踉，我不背了！」探克突然停下，緊跟在後的喬志連忙來個緊急煞車。

「誰要接手？」

「好吧，把它放下。」芮國換上凶狠的語氣，說：「你這個不識相的電腦，給我聽好，從現在起，**給我閉嘴**，否則我就慢慢把你解體，讓你變成一堆破銅爛鐵。」

「呃，真教人害怕！」

「聽懂了嗎？」

「我當然聽懂了。我是世界上最偉大的電腦，我內部的程式可以瞭解任何複雜的觀念，而你的腦袋，碰到這些東西只會爆炸——」卡斯摩傲慢地說。

「**我說過了，給我閉嘴！**你是白癡啊，連這兩個字都聽不懂？」芮國打開帆布背包，把裡面的卡斯摩臭罵一頓。

「我是和平的使者，不習慣威脅或暴力。」卡斯摩小聲地辯解。

「那麼，只要你別吵，我們就會放你一條生路。」

「你們要帶我去哪裡？」卡斯摩低聲下氣地問。

「你的新家。」芮國背起帆布背袋，下令：「伙伴們，咱們走。」一群人繼續浩浩蕩蕩地往目的地跑去。

喬志在後面拚命追，但還是漸漸落後，不一會兒，芮國他們已經消失在霧濛濛的夜色裡。喬志搞不清楚他們往哪個方向跑，再追下去也沒有意義。不過，他至少知道誰指使芮國這群狐群狗黨闖空門，偷走了卡斯摩。找到幕後的黑手是救回卡斯摩的第一步。

喬志轉身，落寞地走回艾瑞克家。大門還沒關，他逕自走進去，直接來到書房。艾瑞克要喬志找出他的新書，可是茫茫書海，一層層的書架，從地板到天花板都塞滿了書，究

竟是哪一本呢？喬志抽出一本厚重的大冊子，封面寫著：《歐幾里德量子重力》。翻開內頁，喬志試著念了一、兩句：「……**因為遲緩的時間座標在視界趨於無限，這解的固定相位曲面將會在視界上累積。**」

　　唉，完全沒輒了，裡面的內容搞得喬志一頭霧水。也許另一本會好一點，喬志挑了一本叫《弦統一理論》的書，映入眼簾的第一句是：**保角場論的方程式……**。

　　喬志吃力地想猜出這幾句話究竟是什麼意思，可是他一動腦，整個頭都快爆炸了。束手無策之際，喬志心想，他一定是還沒找到那本書，於是視線繼續在書房裡搜來搜去。艾瑞克說，**去找那本書，找我的新書**。站在書房正中央，喬志絞盡腦汁想著艾瑞克的話。沒有卡斯摩、沒有艾瑞克、沒有安妮，整個房子空空蕩蕩的，好不寂寞。現在，唯一能跟他們扯上關係的就是這身粉紅色太空衣、糾纏的電線，和一疊又一疊的科學藏書。

　　突然間，喬志好想好想他們三個，心頭不禁隱隱作痛。他知道，如果自己不趕快想出辦法，可能再也見不到他們三個了。卡斯摩被偷了、艾瑞克正在太空跟黑洞對抗，如果安妮知道是喬志一時疏忽，害她爸爸永遠消失在外太空，她這

輩子一定再也不會跟他說話了。想到這裡，喬志必須趕緊找
到解決辦法。

　　喬志想起艾瑞克，想像他手裡拿著他的新書，想像書的
封面長什麼樣子，如此一來，或許就能想起那本書叫什麼名
字。如果是艾瑞克，他會把書放在哪裡呢？喬志靈機一動，

腦海中浮現答案！

喬志興沖沖地跑進廚房，茶壺旁好像有一本書擱在那裡。在印滿茶漬和馬克杯一圈一圈杯痕的餐桌上，果然有一本書，嶄新的書皮上印著《黑洞》。喬志注意到那本書就是艾瑞克寫的！一張貼紙上面寫著：**肥弟最喜歡的書！** 歪歪斜斜的字跡，以及旁邊畫的一隻肥嘟嘟的豬仔，想必出自安妮筆下。**就是這本書了！** 這一定是當初肥弟闖進艾瑞克家時，艾瑞克無意間找到的那本新書；當時艾瑞克簡直樂得不可開交！**沒錯，一定是**這一本。

還有一本書要拿。喬志從電話機旁找出厚厚的一本大書，連同那本《黑洞》塞進書包，脫下安妮的太空衣，小心翼翼地關上艾瑞克家前門，趕緊衝回家。

晚餐時間，喬志隨便扒了兩、三口飯就說吃飽，扔下

一個「功課多得寫不完」的藉口，火速回到房間，把電話簿
從書包裡拿出來。老爸老媽沒裝電話，照常理推論，家裡也
不會有電話簿，所以喬志只好從艾瑞克家借一本過來。他把
電話簿翻到索引那一頁，查到「瑞」這個字，手指沿著一排
排的姓氏搜尋，有了，找到「瑞普」了，地址寫著林森路四
十二號。喬志知道林森路在哪裡，就在小鎮邊緣，得往森林
的方向走。秋天到了，老爸老媽都會帶他到那裡採香菇和黑
莓。盤算一下，唉，他知道今晚沒法去鬼普家了，因為時間
太晚，老爸老媽絕不准他在這個時間出門。算了，反正他還
有《黑洞》那本書夠他忙的。就這樣吧，明天一早上學前，
他先去鬼普家。老天保佑，希望到時候他已經有一個完整的
作戰計畫了。

　　放下電話簿後，喬志從書包裡抽出另一本書，由衷希
望裡面清楚寫著拯救艾瑞克的方法。喬志一想到艾瑞克（以
每三分鐘一次的頻率）一個人在外太空孤軍奮鬥，不知道要
怎麼回地球，又隨時可能被吸進無底的黑洞裡，心情就很沉
重。

　　打開《黑洞》，第一頁的第一行是這麼寫的：**我們都活
在陰溝裡，只是，有些人會抬頭，仰望星空。**這句話出自愛

爾蘭的名作家王爾德。讀著這句話，喬志感觸特別深，他覺得這句話好像是特別為他寫的。的確，他現在的處境跟陰溝沒什麼兩樣，他也知道有些人總會抬頭看天上的星星。喬志繼續讀下去，書上寫著：一九一六年，**史瓦西首度提出針對愛因斯坦方程式的黑洞解析解……**。喬志赫然發現，整本書的第一句話竟然是他看懂的唯一一行字。

　　哎呀，怎麼會這樣！又是一本天書！艾瑞克為什麼要他找這本書？他根本一竅不通啊，而書竟然是艾瑞克寫的！每次艾瑞克跟他解釋科學知識，聽起來都好簡單，一聽就懂

了。淚水開始在喬志的眼眶裡打轉。他沒辦法救卡斯摩、艾瑞克和安妮了。他趴在床上，手拿著書，忍不住哭了起來。

房間門口傳來一陣輕輕的敲門聲。老媽走進房裡。

「阿志，你臉色好差。親愛的，你生病了嗎？」

「沒有，媽。我只是覺得功課好難。」喬志非常沮喪。

老媽撿起掉在地上的《黑洞》，翻了幾頁，相當訝異。「這一點也不奇怪！就算是專業人士，這書也太艱澀了。等一下我要寫封信向你們學校抗議，叫你們看這種書太荒謬了。」正當老媽抱怨時，夾在書頁中的幾張紙片落了下來。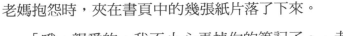

「哦，親愛的，我不小心弄掉你的筆記了。」老媽邊道歉，邊把紙片撿起來，遞給喬志。

「這不是——」「我的」這兩字已到喬志嘴邊，但他突然噤聲。最上面那張紙片上寫著：**獻給安妮和喬志——《黑**

洞》天書的兒童版。

「謝謝妳，老媽。」喬志連忙接口，從老媽手中接過那幾張筆記。「妳剛好找到我要的東西。我現在沒事了。」

「你確定嗎？」老媽一臉狐疑。

「沒錯。」喬志用力點頭。「老媽，妳真是我的幸運之星。謝謝妳了。」

「幸運之星？你打的這個比方可真好。」老媽笑得合不攏嘴。

「沒有，我是說真的。妳是一顆星星。」喬志認真地回答。他想起艾瑞克曾經跟他提過，我們都是星星之子。

「那麼，我親愛的小星星，你不要太晚睡哦。」喬志老媽在他額頭上親了一下，便下樓去把另一盤小扁豆蛋糕放進烤箱。想到喬志不再愁眉苦臉，她感到十分安慰。

老媽前腳一踏出房門，喬志連忙從床上跳起來，把《黑洞》書裡掉出來的筆記按順序排好。從第一頁到第七頁，密密麻麻寫著潦草的字跡，還配上了一些塗鴉。喬志迫不及待地讀起艾瑞克的筆記。

第二十六章

獻給安妮和喬志——
《黑洞》天書的兒童版（第三版）

黑洞知多少

第一部分　什麼是黑洞？

第二部分　黑洞如何產生？

第三部分　如何看到黑洞？

第四部分　落入黑洞

第五部分　逃離黑洞

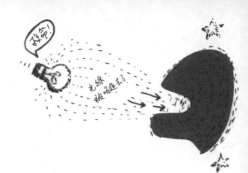

救命！

光線 被吸進去了

第一部分

什麼是黑洞？

　　黑洞是個萬有引力非常強大的區域，物質一旦落入黑洞，都會被黑洞的引力拉回去，即使是速度最快的光線也沒辦法逃脫。所以當你掉進了黑洞，永無脫身之日。長久以來，黑洞被視為一座永遠的監獄。落入黑洞像掉進尼加拉瀑布一樣——沒人能順著來時路安然逃離。

死定了！

　　黑洞的外緣稱為「視界」。視界就像瀑布頂端邊緣，如果還沒通過，還可以加快速度，把船划開；可是一旦通過，就死定了。

掉下去了

越划越快

　　就像餵豬一樣，豬越餵會越肥。當越來越多天體掉進黑洞裡，黑洞也變得越來越大，視界也會漸漸往外擴張，越來越遠。

吞！

越來越胖

RIP

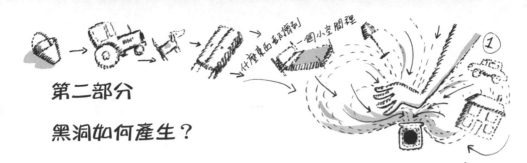

第二部分

黑洞如何產生？

把大量的物質壓縮到非常小的體積後，這個物體會產生非常強大的引力，大到足以把光線拉回，無處可逃。

黑洞形成的一種情況是：當恆星燃燒殆盡，會像一顆超級氫彈一樣產生大爆炸，也就是「超新星」。超新星的爆炸過程會將所有外層物質往外推擠，產生巨大膨脹的氣體外殼，同時核心部分會往中心塌縮。如果這個天體比太陽大上幾倍，就會形成黑洞。

① 恆星 → ② 轟隆！ → ③

較大的黑洞則是在星團內和星系的中央形成的。這些區域有黑洞，有中子星和一般的恆星。當黑洞和其他天體碰撞時，黑洞會變得越來越大，大到可以吞下任何過於靠近的東西。銀河系的中央，有個質量相當於幾百萬顆太陽的超大黑洞。

中子星

比太陽質量大上許多的恆星
燃燒殆盡時，
通常會在巨大的爆炸中
釋放所有外層物質，
稱為「超新星」（supernova）。
超新星的爆炸威力強大且會發出強光，
即使是千億顆恆星的光芒
加在一起也相形失色。

但有時候，並非所有物體都會在大爆炸中被釋放。舉例來說，恆星球狀的核心有時會存留下來。超新星爆炸後的殘骸溫度很高：大約是攝氏10萬度，但是，這時候已經不再有核子反應來維持這個殘骸的溫度。

有些殘骸實在太大，在重力的影響下，會往內部塌縮，直到直徑只剩十幾公里。要產生這種現象，殘骸的質量必須是太陽質量的1.4至2.1倍。

這些球狀殘骸的核心壓力非常大，以至於內部變成液態，由大約1.6公里厚的堅硬地殼包圍。球體內部的液體由那些通常只存在原子核內的粒子組成，也就是中子，所以這些球體才被稱為「中子星」。

中子星裡面也有其他粒子，不過絕大部分是中子。目前人類的技術還沒有辦法在地球上產生像中子星內部這樣的液體。

像太陽這樣的恆星不會發生超新星爆炸，而是變成紅巨星，但是紅巨星的殘骸不夠大，沒辦法因為本身的重力而縮小。這些殘骸被稱為「白矮星」。白矮星經過數十億年的冷卻，直到再也沒有熱度為止。

透過現代望遠鏡，可觀測到許多中子星。儘管白矮星很小（約跟地球一般大小），卻非常重（約相當於太陽的質量），因為星球的核心是由星球內部最沉重的物質（例如鐵）所組成的。

質量少於太陽1.4倍的恆星，殘骸就會變成白矮星。中子星則是從太陽質量1.4至2.1倍的超新星殘骸中生成。質量大於太陽2.1倍的殘骸會不斷塌縮，最後成為黑洞。

第三部分

如何看到黑洞？

在黑漆漆的地下室看得到黑貓嗎？同樣的道理，既然沒有光線可以逃離黑洞，要在沒有光線的情況下看到黑洞是不可能的。然而，藉由觀察黑洞周圍物質被引力吸引的情況，可以找出黑洞的位置。如果看到恆星繞著看不見的物體運轉，依照我們目前的瞭解，那個不明物體只能是個黑洞。

如果看到一圈氣體和灰塵，以一個看不見的物體為中心運轉，依照我們目前的瞭解，那個物體也只能是個黑洞。

氣體

塵埃

第四部分

落入黑洞

待辦事項！

開会必備物品

茶葉

牛奶

焦糖夾心餅乾

糖

義大利麵

餐中紙

薑餅

必須打电話給

麥枝卡

麥惡

麥里斯

麥吧矢吃矢敎授

正常的
太空人

黑洞

你會被黑洞吸引而掉進黑洞，就跟你會被太陽吸引而掉進太陽一樣。如果是腳先掉進黑洞，因為比頭部靠近黑洞，受到的引力較大，整個身體會被拉得很長，身體兩側則會被壓得很扁。

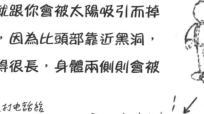

掉進去

黑洞越大，這種類似潮汐作用同時拉長和壓扁的力量也越小。物體掉入了這種黑洞，所受到的壓縮和拉伸力量也較弱。所以啦，如果你掉進去一個只比太陽大幾倍的黑洞，在你到達視界之前，你就會被撕拉成一條一條的義大利麵囉！

義大利麵

太空人落入黑洞 →

被拉長壓扁直到

如果掉進一個非常大的黑洞，你會跨過視界，也就是黑洞的外緣，一個再也不能回頭的地方，但不會察覺任何異常。儘管如此，要是有人從遠處看你跨越視界，卻看不到這一切。因為黑洞附近的時間和空間都會被扭曲。對遠處的人而言，當你靠近視界時，你的速度會慢下來，而且整個人也變得越來越暗。至於變暗的原因嘛，是因為你身上散發的光線需要越來越多時間才能逃離黑洞的魔掌，所以你會越來越暗。打個比方，如果你跨過視界時，手錶顯示的時間是早上十一點，那麼看你經過視界的人將會看到你手錶的時間慢下來，似乎指針永遠不會指到十一點。

流汗

義大利麵傑克

黑洞

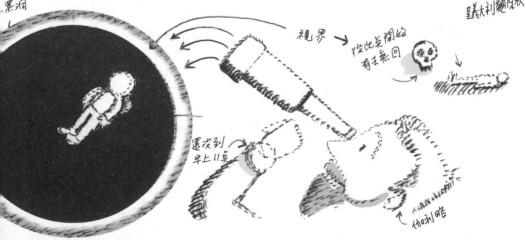

視界 →

從此去開始有去無回

還沒到早上11點

伽利略

第五部分

逃離黑洞

因為黑洞什麼東西都往肚子裡吞，就算是速度最快的光也逃不出來，人們就稱這個無底洞為「黑洞」。過去的研究認為黑洞將永遠存在，直到時間盡頭，任何落入黑洞的物質也會永遠消失。就像一座永遠的監獄，一旦被關進去，沒有逃獄的可能。

不見了

死定了

然而，這個想法不見得正確。時空中微小的起伏意味著，黑洞不再是完美的陷阱，反而會緩緩地漏出粒子，也就是所謂的「霍金輻射」。黑洞越大，粒子洩漏的速度越慢。

黑洞

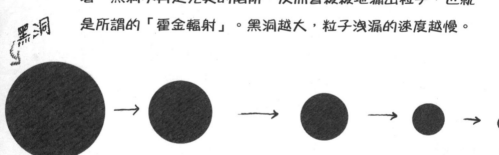

大黑洞會慢慢蒸發

黑洞越小蒸發速度越快…

霍金輻射導致黑洞逐漸蒸發。剛開始，蒸發的速度很慢，隨著黑洞變越小，蒸發速度會越來越快。經過很久很久以後，黑洞最後還是會消失。到頭來，黑洞不算

這是仙女座星系的全彩照片。它是最靠近我們銀河系的大型星系,而且就它含括的星星數量來說,也是最大的星系。如同銀河系,仙女座星系也是一個螺旋星系。寬度達15萬光年,距離地球250萬光年。

在這張經過電腦影像處理的照片中,紅色天體可能是一顆系外行星,繞行另一顆相當熾熱、但還不夠大到成為真正星球的白色棕矮星。一般認為這顆系外行星的質量是木星的5倍。這可能是人類拍攝到的第一張系外行星照片。

透過光學攝影拍攝到的巨大橢圓星系「NGC 4261」（照片中央）。星系中央有一個比太陽還要大上5億倍左右的超大質量黑洞。

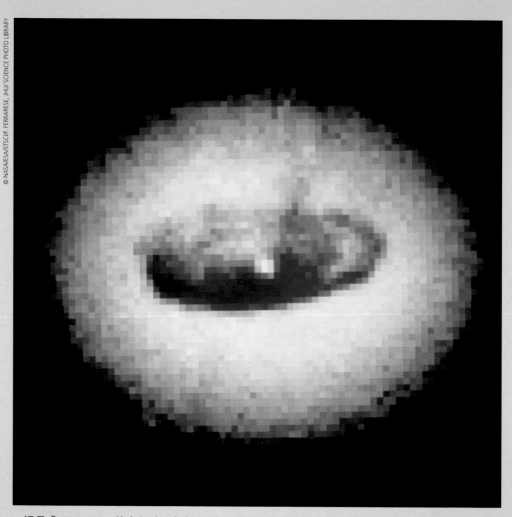

這是「NGC 4261」的中心（請參考前頁）。圍繞在黑洞四周的是又黑又冷的塵盤，寬度約達800光年。一般認為在大多數星系的中心，都存在巨大質量或超大質量的黑洞。

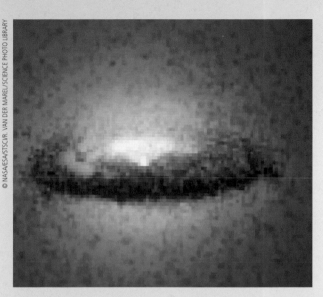

另一個稱為「NGC 7051」的星系中央，環狀的塵雲隱藏了一個巨大質量黑洞。中央白色的亮點是受黑洞巨大引力而聚集在黑洞周圍的星光。

照片中明顯的藍色噴流，是從「M87」這個巨大的橢圓星系核心噴射出來的。在星系中央超大質量黑洞周圍加速的電子和其他粒子，組成了這道噴流。

這是太陽系的電腦繪製圖。圖中的天體如下：太陽的一部分（圖片最左邊）、8個行星由左至右分別是：水星、金星、地球、火星、木星、土星、天王星及海王星；三個由紅框標示的矮行星由左至右分別是：穀神星、冥王星和鬩神星。這些天體間的距離並未按比例呈現，否則除了太陽，什麼也看不到，不過體積的大小比例正確無誤。

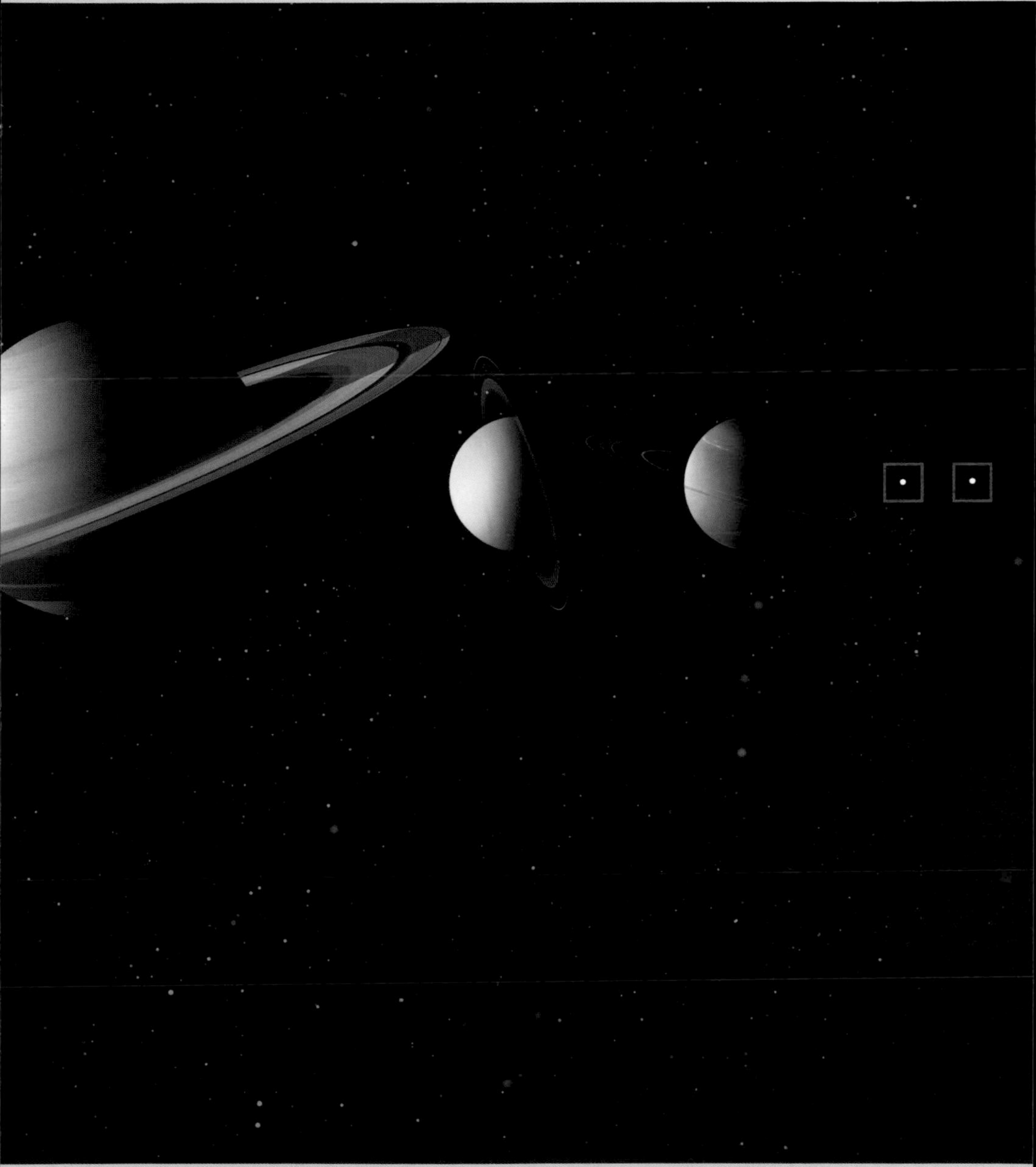

從衛星拍攝到的地球。

永遠的監獄。可是形成黑洞或是掉入黑洞的物質，會怎麼樣呢？答案是：它們會被回收，成為能量和粒子。但是只要仔細檢查黑洞漏出來的東西，便可重建先前的狀況。所以囉，落入黑洞的記憶不會永遠消失，只是消失非常長的一段時間罷了。

你可以逃出黑洞！

砰！

第二十七章

今天就是科學演講比賽的大日子。如同昨天晚上計畫的，喬志一大早就出門了。和肥弟說完再見，和老媽親過臉頰道別，把艾瑞克的著作《黑洞》放進書包，手裡拎著早餐，喬志像個急驚風似地衝出家門。就算老爸想騎腳踏車載他去學校，也被他一聲「不用了，老爸」斷然拒絕。前前後後只有一眨眼的工夫，老爸老媽完全傻眼，心想，剛才是不是有個小小龍捲風掃過他們家啊？

喬志匆匆上路。跑到路口時，他連忙回頭看老爸老媽是不是還站在門口跟他揮手道別。

他們已經進屋子去了！有別於以往右轉上學的路線，喬志向左轉，三步

併作兩步大步向前，心想，再慢就來不及了。這時，思緒也源源不絕地冒出來。

艾瑞克、卡斯摩、安妮……他們的臉孔一個個閃過喬志腦海。艾瑞克應該被宇宙裡威力無比的大黑洞吞下去了吧……。不知道卡斯摩會不會現身在喬志即將前往的目的地……。還有安妮，等一下就可以在科學演講比賽看到她了。安妮會相信她爹地被以前的同事陷害、正孤伶伶地處在外太空的危難中？

現在，喬志終於明白安妮為什麼總能編出那麼多

天馬行空的故事了。經歷過幾次宇宙冒險、目睹過宇宙的奧祕後，現實生活相較之下顯得相當乏善可陳。喬志沒辦法想像，沒有安妮、卡斯摩或艾瑞克，他的生活會多枯燥。（話說回來，要喬志想像那種無聊的日子，也不是什麼難事。不過毫無疑問，他不想再過那樣的日子了。）他一定要救艾瑞克出來！這件事**勢在必行**！

喬志搞不懂瑞普老師為什麼要陷害艾瑞克？也無法理解，艾瑞克人這麼好，瑞普老師為什麼要把他騙到外太空，置他於死地，而且還把卡斯摩偷走。不過，有一點喬志很清楚——不管瑞普老師心裡打著什麼樣的如意算盤，他一定不是為了全人類、科學、艾瑞克或其他任何人的福祉。瑞普老師一定有其他陰謀！

喬志的思緒飄啊飄，飄到了今天的科學演講比賽。如果他比賽時表現優異，把太陽系的現象解釋得一清二楚，就可以贏得一台電腦。到時候，老爸再也不能禁止他在家裡用電腦了。很遺憾，為了拯救艾瑞克，為了避免他被黑洞活吞，喬志沒辦法參加演講比賽了，贏得電腦的希望也破滅了。想到自己必須放棄科學演講比賽這個千載難逢的好機會，喬志覺得很沮喪。可是，他沒有其他選擇，把艾瑞克救回來是當

務之急。

　　喬志氣喘吁吁地來到林森路四十二號。正當他大口喘氣，稍事休息時，他注意到聳立眼前的大宅院。車道穿過幾道斑駁的大門，通往一棟老舊的建築，房子屋頂還有怪模怪樣的角樓。

　　喬志躡手躡腳地從車道前進到那棟建築，透過一扇佈

滿灰塵的玻璃窗往內看。隱隱約約,發黃的床單蓋滿整屋子
的家具,往上一瞧,屋子的天花板也都是蜘蛛網。踩過一叢
蕁麻,喬志來到旁邊另一扇窗。窗戶底部沒有關,他往內一
探,看到一個熟悉的身影。

　　瑞普老師周遭盡是一堆亂七八糟的導管、電線、玻璃試
管,試管裡色彩鮮豔的液體正在冒泡。他背對喬志,站在一
台電腦前,電腦螢幕不斷發出綠光。就算看不到瑞普老師的
表情,遠遠隔著一道窗,喬志也可以感覺到他一臉不高興。

瑞普老師像是發瘋似的，十隻手指用力敲擊鍵盤，好像跟電腦鍵盤有仇似的。透過窗戶的小縫，裡頭的對話，喬志聽得一清二楚。

「**等著瞧吧！**我會繼續折磨你，直到我找出祕密鑰匙。到時候，你非得讓我進入宇宙不可了！你等著看好了！」瑞普老師語帶威脅對著電腦螢幕破口大罵。

「拒絕讀取。您輸入的指令無效。很抱歉不能處理您的要求。」

瑞普老師試了幾個不同的按鍵。

「錯誤。錯誤代號二九三。」

「哼，我會破解的，卡斯摩。你等著瞧！」瑞普老師對電腦大喊。

這時，電話剛好響起，瑞普老師拿起話筒，對著話筒咆哮：「誰？」下一秒，他好像變了一個人似的，換上溫文有禮的聲音，說道：「喔，是的。請問您收到我的留言了嗎？」同時，裝出一聲乾咳，繼續說：「我今天身體不舒服……不礙事，只是感冒……。看來，我今天只能請假了……。抱歉，科學比賽的事……」瑞普老師又刻意用力補上幾聲咳嗽。「對不起，我現在覺得很不舒服……，先掛上

電話了。再見！」他狠狠摔下電話，回到電腦螢幕前，瞪著卡斯摩，摩拳擦掌地說：「該死的電腦，我現在有一**整天**的時間可以慢慢跟你耗了！」

「拒絕非會員的指令。」卡斯摩回答，不打算向惡勢力低頭。

「哈——哈——哈！所以那個協會還存在？那群自以為可以拯救地球和人類的老頑固！真是一群笨蛋。他們如果有那麼多時間，應該先救救他們自己！至少，**我**會這麼做。拯救人類？呸，門都沒有。人類有什麼好救？瞧瞧人類幹的好事。好好一個地球，被搞成這個樣子。我必須帶著我創造的新生命體到一個新地方，一切重新來過。那群腦袋都是糨糊的男生，還以為我會帶他們到新行星去。別作夢了。哈——哈——哈！我會把他們留在地球上，讓他們自行毀滅，落得和其他人一樣的下場。我和我創造的新生命體將會在新行星存活下來，我創造的生命體也會聽命於我。到時候，我將是宇宙唯一的人類。現在，只剩下這臨門一腳——到達外太空。卡斯摩，快把我送到外太空去。」

「拒絕讀取。我拒絕處理
非會員的指令。」

「我曾經是會員。」

「你的會員資格已被
撤銷。自從你——」

「是是是。」瑞普老
師連忙接口，換上一番
甜言蜜語。「過去的事就
過去了，不要再提了。卡斯
摩，不愉快的往事就把它忘了
吧。現在，我們要做的是寬恕和遺
忘，不是嗎？」

「拒絕讀取。」卡斯摩的回覆激怒了瑞普老師。他一氣
之下，往鍵盤用力一擊。

「哎唷。」卡斯摩哀嚎。鍵盤上噴出火花。

喬志不禁閉上眼睛，心疼得不敢再看下去。他幾乎要
衝進去叫瑞普老師住手，可是就算能阻止他欺負卡斯摩，也
不可能救卡斯摩出去；把瑞普引出來，遠離卡斯摩，才是上
策。現在，喬志必須盡快趕到學校。

　　喬志連忙跑回學校。校門口停著巴士，穿著不同顏色制服的學生魚貫地下車。這些是其他學校派來參加科學演講比賽的代表。「對不起，借我過一下。對不起，借我過一下。」喬志擠過人群，希望能找到他要找的人。

　　「喬志！」身後傳來一聲叫聲。喬志轉頭，可是沒看到叫他的人啊。有了！前方有一個穿著深藍色制服的小人影，跳上跳下對他揮手。喬志費了九牛二虎之力，才擠出人群。

　　來到安妮面前，喬志一股腦兒地說：「安妮！看到妳真是高興死了！快，我有話要跟妳說。快點，沒時間了。」

　　「怎麼啦？你的演講出問題了嗎？」安妮皺著鼻子問。

　　「那是妳男朋友嗎？」一個穿著同校制服的男生打岔。

　　「走開。」安妮凶巴巴地罵了那個男生一句：「這種沒大腦的蠢話，還是對別人說吧！」喬志摒住呼吸，等著看

那個大男生的反應。可是，他只是摸摸鼻子、自認倒楣地走了，消失在人潮裡。

「妳最近跑到哪了？」

「我不是跟你說過了？我去阿嬤家了。我媽直接送我上學，所以都還沒回家。發生了什麼事？怎麼了？」

「安妮，我有個壞消息要告訴妳。」正當喬志要告訴安妮關於艾瑞克的事，刺耳的口哨聲大聲響起。現場馬上一片鴉雀無聲。

「各位同學，現在，依照學校排好隊形，準備進入禮堂。科學演講比賽即將開始。」那位老師看到穿著深綠色制服的喬志混在一群穿著藍色制服的學生裡，馬上指著他說：「你——走錯隊伍了！趕快回到你學校的隊伍去，免得更多人搞混！」

「在禮堂外面等我！安妮，這件事很重要。我要妳幫我一個忙！」喬志低聲對安妮說，丟下這句話後，就連忙回到自己學校的隊伍。往禮堂前進時，喬志的目光不停在尋找一群人。當他看到芮國和他的狐群狗黨在走廊上晃來晃去時，他靈機一動，知道下一步該怎麼做了。他跑到附近一位老師面前，扯著嗓門喊著：「老師！老師！」

　　「怎麼了，喬志？」面對眼前的大嗓門，老師不由自主
地往後退一步。

　　「老師！我要換演講的題目！」喬志刻意提高音量，迫
使周遭的人停止談話，豎起耳朵聽喬志和老師的對話。

　　「嗯，我不確定是不是可以這麼做，不過，我可以問一
下。還有，可以請你降低音量嗎？」

　　「我不管。我想到新的題目了。我要換題目！」

　　「題目是什麼？」老師面有難色，他很擔心喬志是不是
吃錯藥了。

　　「如何使用全世界最聰明的電腦——卡斯摩。」

　　「好好好，我知道了。我去問問評審，看他們怎麼

說。」老師心想，這孩子鐵定是腦筋不正常。

「喔，太好了，老師，謝謝您。」喬志更大聲地吼著：「你有聽到題目嗎？**如何使用全世界最聰明的電腦——卡斯摩。**」

「有有有，喬志。我會盡力幫你問問看。」

透過眼角，喬志瞄到芮國拿出手機，正在撥電話。現在，只能等待了。

喬志站在禮堂入口，靜靜等著。各校同學排成一列列長長的隊伍，一個一個經過他面前。不一會兒，瑞普老師上氣不接下氣，興奮地衝到喬志面前。

　　「喬志！你是說真的嗎？你真的要改變演講題目？」瑞普老師的聲音興奮得發抖，同時不忘用他傷痕累累的雙手，把頭髮順一順。

　　「沒錯。」

　　「我來幫你確認一下。別擔心，你在台上儘管報告如何使用卡斯摩。我幫你搞定評審團。這個題目真是太棒了，喬志。你真是太聰明了！」

　　這時，主任老師走過來，滿臉狐疑地說：「瑞普？聽說你今天生病了。」

　　「我現在覺得**好多了**。我已經等不及要聽聽看今天的科學演講比賽。」瑞普老師精神抖擻地回答。

　　「對嘛！這樣才對。瑞普，我很高興你還是過來了。我們臨時缺一名裁判，你來接替他剛剛好。」

　　「喔，不不不不不不……，我相信你一定可以找到更合適的人選。」瑞普老師連忙推託。

　　「不用客套了！你是最佳人選！瑞普，你就來吧！就坐我旁邊吧。」

　　瑞普老師苦著一張臉，不情願地跟著主任老師，乖乖坐在禮堂前排坐下。

　　喬志在門口繼續等待。終於，安妮出現了，周圍是一群吱吱喳喳的小朋友。安妮經過喬志面前時，喬志二話不說，拉住安妮的袖子，把她拖出往禮堂前進的那群小朋友。

　　「我們趕快走！**就是現在！**」喬志在安妮耳邊命令。

　　「哪裡？我們要去哪裡？」

　　「妳爹地掉進黑洞裡了！跟我來，我們得去救他⋯⋯。」

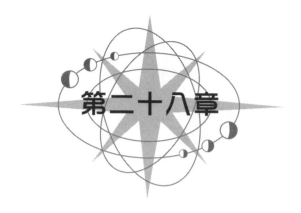

第二十八章

安妮緊緊跟在喬志後頭，沿著走廊走出去。

「可是，喬志，我們要去哪裡？」

「噓。往這邊走。」喬志在安妮耳邊低語，把她帶往學校側門。出了這道門，就是馬路。學校嚴格禁止學生在上課時間自行從側門離開。一旦喬志和安妮被逮到，麻煩就大了。但是被老師發現還不是最慘的，如果他們沒辦法順利救出卡斯摩，艾瑞克將永遠消失在黑洞裡。茲事體大，他們一定要順利溜出學校，不能有任何閃失。

儘管喬志和安妮心裡都七上八下，兩人仍裝得一副若無其事的樣子，好像逆著人潮走是件理所當然的事。咦，這一招似乎奏效了，果真沒人注意到他們。當他們正往側門的方向前進時，一位老師往他們這裡走來。喬志心想，拜託，老天保佑，希望老師不要看到他們，只可惜——

「喬志，你們要去哪裡？」

「嗯……我們……嗯……正要……」

「報告老師，我把科學演講比賽的東西放在外套口袋了。」安妮急中生智，連忙幫腔：「我的老師要這位同學帶我去寄物櫃。」

「趕快去！」老師放他們一馬，於是兩人乖乖地往寄物櫃走去。來到寄物區，喬志探頭往走廊看了一眼，老師還站在原處，守著那道門。這時，所有的學生都進入禮堂了。看來，比賽馬上就要開始。

「該死，我們沒辦法從側門出去了。」兩個人環顧四周，只見一排掛勾上方有一扇長形氣窗。

「妳有辦法從那裡擠出去嗎？」

「我們只剩這個辦法了，不是嗎？」安妮抬頭盯著那扇狹小的窗戶。

喬志點頭默認。

「那我只好硬著頭皮試一試了。」安妮一臉堅定地說：「我絕對不能讓黑洞把我爹地吃掉。不行不行——絕對不行！」

安妮的臉皺成一團，忍著不哭。看到安妮這麼難過，喬志心想，或許他不該告訴安妮，自己一個人去救艾瑞克。唉，現在說這些都太遲了。他們兩人一起溜出來，就必須合作。

「來，我幫妳。」喬志把安妮舉起來，讓她打開窗戶的鉤環。安妮把窗戶往外一推，勉強

穿過窗戶的縫，消失在另一頭。喬志往上攀，學安妮那樣穿
過窗戶，可是他的身形還是比安妮大，只見他過了一半，整
個人就被卡在窗口、動彈不得！身體一側懸在馬路上空，另
一側還在寄物室裡。

「喬志！」安妮伸手，想把他拖出來。

「別拉！會痛。」喬志深深吸了
一口氣，稍微往左移一些，慢
慢把自己挪出窗戶，然後往
人行道一跳，搖搖晃晃地站
起來，抓起安妮的手，氣喘
吁吁地說：「走，趕快走。」

兩個人使出全力往前跑，直
到街角才停下來休息一會兒。喬志
喘完氣，正開口說：「安妮——」安
妮手一揮要他安靜，拿出手機，開始撥電
話。「媽咪！有一件事很緊急……。不，我很好，我沒事
啦……。我在妳今天早上載我去的那間學校，可是我現在要
去……。沒有，我沒惹麻煩……。媽咪，拜託妳讓我把話說
完。爹地出事了。是很可怕的事。我們必須去救他……。他

跑到外太空去，不見了……。妳可以開車過來載我們嗎？我和我朋友喬志在一起。我們在他學校附近。媽咪媽咪，趕快來……。好，拜拜。」

「妳媽怎麼說？」

「她說：**妳爸到底哪時候才學會不去幹那些蠢事，行為正常一點？**」

「那是什麼意思？」

「天曉得。大人的想法常常很奇怪。」

「她會過來嗎？」

「會啊，等一下就過來了。她會開她的迷你小車。」

幾分鐘後，一台有白色條紋的紅色小車果然出現在他們面前。一位長相甜美、留有一頭棕色長髮的女士搖下車窗，探出頭來。「看來，我得隨遇而安了！」從她的口氣聽起來，心情不錯。「妳爸和他的太空探險！唉，我實在搞不懂。你們兩個呢？不乖乖上課，從學校溜出來幹什麼？」

「喬志，這是我媽。媽咪，這是喬志。」安妮不理會她媽咪的問題，逕自打開前座車門，把前座椅子往前推，好讓喬志爬進後座。安妮對喬志說：「你可以進去了。不過小心一點，別把東西弄壞了。」後座堆滿了錄音機、鈸、三角

鐵、迷你豎琴和弦鼓。喬志小心翼翼地爬進車內。

「喬志，不好意思，後面很亂。我是音樂老師，才會有那麼多樂器。」

「音樂老師？」

「是呀。不然，安妮是怎麼跟你說的？說我是美國總統嗎？」安妮的媽媽笑瞇瞇地問道。

「不，她說妳是莫斯科的舞蹈家。」喬志從後照鏡和安妮媽媽眼神交會。

「喂，別再討論我了，好像我是空氣似的！真是夠了。」安妮繫上安全帶，命令：「媽——開車！我們**得**趕快去救爹地。快點，這件事真的很重要。」

安妮的媽媽坐在那裡，不打算離開的樣子。「寶貝女兒，別擔心。」她好言相勸：「妳爸爸什麼大風大浪都經歷

過了。我相信他這次也不會有事的。卡斯摩會保護他的。我覺得你們兩個應該乖乖回去上學，不要再管這事了。」

「嗯，問題是——」喬志停頓一下，不知該如何稱呼安妮的媽媽。「卡斯摩沒有跟艾瑞克在一起。卡斯摩被偷了！艾瑞克自己一個人在太空。而且在黑洞附近。」

「自己一個人？」安妮媽媽的臉唰地一下變得毫無血色。「沒跟卡斯摩在一起？那他就沒辦法回來了！而且，黑洞……」

「媽，我一直跟妳說，這事很緊急！現在，妳終於相信我了吧？」

「我的天啊！喬志，把安全帶繫上。告訴我怎麼走。」安妮的媽媽二話不說，立刻發動車子。喬志一說出瑞普家的地址，她便把油門踩到底，小車猛然晃了一下往前衝去，在

繁忙的車陣中鑽進鑽出，遭許多大車駕駛的白眼。

　　一路上，喬志竭盡所能地解釋過去二十四小時發生的事，告訴安妮和蘇珊（安妮媽媽要喬志這麼稱呼她）：昨晚，當他請艾瑞克幫忙指點科學演講比賽時，無意間發現一封神祕的信。他覺得那封信怪怪的，可是艾瑞克不管三七二十一就一個人跑去外太空了。他不放心艾瑞克，也跟著跑出去。結果，他們被一股無形的強大力量吸住。當時的情況很危急，因為卡斯摩的宇宙之門一直沒出現，後來雖然及時出現，但訊號太微弱，只有他一個人成功回來。

　　回書房後，他不僅沒看到艾瑞克跟著他回來，還發現卡斯摩被偷了。儘管他看到小偷，也追了上去，最後還是在夜色中追丟了。不過，他知道是誰偷了卡斯摩。他只好回到艾瑞克的書房，找那本艾瑞克要他找的書。雖然他找到書了，但是他完全看不懂裡面在講什麼。幸好他發現夾在書末的筆記，上頭解釋要逃離黑洞**是可能的**。現在，第一要務就是找到卡斯摩，因為就算確定**可以**逃離黑洞，也必須藉助卡斯摩。

他知道卡斯摩在瑞普老師家，今天早上也去過那裡，看到瑞普——

「瑞普？你說的是葛拉漢嗎？」蘇珊打岔問他，這時，車子忽然來個大轉彎。

「是啊。我們私底下叫他鬼普。他是我的老師。妳也認識他？」

「我見過他一面，是很久很久以前的事了。」蘇珊的聲音沉了下來。「我一直提醒艾瑞克要小心這個人，可是艾瑞克老是把我的話當耳邊風。在他眼裡，沒有人是壞人。直

到……」

「直到什麼？直到什麼嘛，媽咪？」安妮拉高嗓門好奇
地問道。

「直到發生了一件慘劇。這件慘劇，我們到現在還沒辦
法忘記。」蘇珊一臉嚴肅。

「我們？妳是說誰？」安妮聽到從沒聽過的家族祕辛，
忍不住興奮嚷嚷。只可惜，她沒機會問下去了。蘇珊把車子
駛進瑞普家的車道，在房子前停下來。

瑞普家到了。

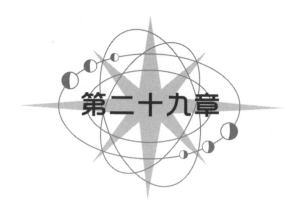

第二十九章

瑞普的房子既老舊又陰氣森森，可是每一道門窗都緊緊
鎖了起來。蘇珊、喬志、安妮三人繞了房子一圈，尋找每個
可能溜進去的縫隙，可是無功而返。看來，要進去這棟房子
比登天還難。他們來到喬志早上還看到卡斯摩的那扇窗，往
裡頭一看，卡斯摩也不見了。

「可是，我今天早上
還看到它啊！就在那
個房間裡！」

安妮和蘇珊面
面相覷。蘇珊咬緊
牙根，努力控制失
望的情緒。但是安
妮可沒辦法控制，

豆大的淚珠已經不聽使喚地從她的臉頰滾下來。

「如果我們沒辦法找到卡斯摩……」她低語。

「等一下！噓，你們兩個聽！」蘇珊叫道。

三人豎起耳朵仔細聽。房間某個角落傳來一陣微弱的機械音調，唱著：「**嘿，稀奇稀奇，貓兒彈琴，牛兒跳月。**」接著，那機械聲自言自語地補充：「不過就技術層面而言，沒穿太空衣是不可能到達月球的。那隻牛會被凍死。」

「是卡斯摩！它在唱歌，好讓我們找到它。問題是要怎麼進去？」

「你們在這邊等一下！」蘇珊神祕地說，消失在轉角。不一會兒，她出現在卡斯摩正在唱歌的那個房間，把窗戶打開，讓安妮和喬志爬進來。

「妳是怎麼辦到的？」喬志不解地問。

「我早該想到的，葛拉漢習慣把備份鑰匙放在前門的花盆底下。我就這樣進來了。」

同時間，安妮循著卡斯摩的歌聲，從一個櫃子裡翻出一個紙箱，裡面盡是舊毯子。她扯開毯子，卡斯摩安然無恙地躺在紙箱底部。安妮掀開電腦，高興地不斷親吻卡斯摩的螢幕。「卡斯摩，卡斯摩，我們終於找到你了！」安妮快樂地

尖叫。「你還好嗎？你可以把我爹地救回來嗎？」

「請幫我充電。」卡斯摩的聲音聽起來好像使用過度、快斷氣了。眼前的卡斯摩和以往判若兩人。在艾瑞克家的那個卡斯摩看起來非常時髦，銀色的外殼閃閃發光，一副養尊處優的富家少爺樣。現在的卡斯摩一臉落難相，滿臉刮痕和凹洞，整身髒兮兮的。「我快累死了。我的電力快一滴也不剩了。」

喬志趕緊從早上發現卡斯摩的那個房間，找來卡斯摩的電線接上去。卡斯摩發出咕嚕咕嚕的聲音，好像在大口灌水。

「喔，好多了！」卡斯摩滿足地嘆一口氣。「現在，有人可以告訴我到底發生什麼奈米大的事？」

「艾瑞克掉到黑洞裡了。」喬志答腔。

「拜託你救他出來。」安妮接著苦苦哀求：「親愛的卡斯摩，拜託你告訴我你知道怎麼辦。」

「讓我查查看。」卡斯摩發出咻咻的運轉聲。「搜尋硬碟相關資訊……搜尋目標：逃離黑洞……稍待片刻……」卡斯摩發出更急切的咻咻聲，然後停下來，陷入一陣沉默。

「怎麼樣？可以嗎？」安妮憂心忡忡地問。

「嗯……沒辦法。沒找到資料。」卡斯摩不情願地承認它並非萬能。

「你不知道怎麼辦？意思是——」安妮話還沒說完，就撲進媽媽懷裡哭了起來。

「我沒有被輸入逃離黑洞的資訊。我只知道怎麼進入黑洞，不知道怎麼出來。我不確定有逃離黑洞的可能。如果艾瑞克知道，他一定會跟我說。我在檔案裡搜尋了黑洞、重力、質量的相關資料，可是都沒有發現逃離黑洞的資料。」卡斯摩抱歉地解釋，接著又搜尋一次，這次仍然沉默無語。第一次，卡斯摩遇上無言以對的狀況。

「所以艾瑞克回不來了。很久以前，他跟我說過，一旦落入黑洞，就不可能逃出來了。」蘇珊抹掉眼角的眼淚。

「不對，不是這樣的。我是說，艾瑞克改變他對黑洞的看法了。他真的這樣說，還把這些話寫在給我和安妮看的筆記上。」

「什麼筆記？」卡斯摩問。

「附在他新書後面的幾頁筆記。」

「上面寫什麼？」

喬志一邊搜書包，一邊想艾瑞克寫下的那個專有名詞，可是想來想去，就是想不起來。「艾瑞克說，黑洞不是永恆的，有時候會把每樣掉進去的東西吐出來……需要很長的時間……叫輻色什麼的。」

「是『輻射』。」卡斯摩糾正喬志。「你手上有那本書嗎？也許我可以輸入書上的資料，找出解決辦法。」

「對啦，就是輻射！」喬志從書包裡找出《黑洞》那本書遞給安妮。「可是，卡斯摩，我們動作要快一點。要是鬼普發現我不在學校，一定會馬上衝回來。」

「哼，要是艾瑞克當初記得更新我的系統資料，就不會惹出這麼多風波了。」

「也許他是打算這麼做，可是忘了？」喬志說。

「典型的艾瑞克健忘症。」卡斯摩說。

　　「這位電腦先生，請問你手腳可以快一些嗎？」安妮不高興地命令卡斯摩。

　　「當然了。」卡斯摩馬上收起嘻嘻哈哈的態度，一本正經地回答：「一旦有新資訊，我馬上就可以處理了。安妮，把那本書放在我的知識輸入埠上。」

　　安妮毫不遲疑地從卡斯摩左側拉出一個塑膠拖盤，豎直並放入書本。「準備好了嗎？」說完，安妮在鍵盤上按下一個鍵。電腦開始嗡嗡作響，越來越大聲，書本內頁也跟著閃閃發亮。「重新啟動關於黑洞的記憶檔！輸入完成！喬志，你說對了。資料**全**在艾瑞克這本新書中。我**可以**把他救出黑

洞了。」

「**那就快啊！**」喬志、安妮和蘇珊異口同聲地催促。

安妮在卡斯摩的鍵盤上按下 ENTER 鍵後，一個宇宙之窗出現在半空中。窗外是外太空的某個角落，一片扭曲，中間則是一團黑。

「那是黑洞！」喬志大叫。

「答對了。那是你和艾瑞克去的那個黑洞。」卡斯摩回答。

　　眼前的景象呈現靜止狀態，好像一點動靜也沒有。

　　「卡斯摩，你為什麼停在那裡一動也不動？」安妮好奇地問。

　　「別急，我要先把黑洞裡面的小東西挑出來，這件事很花時間的。那些東西小到根本看不見。要是沒挑乾淨、缺了一個，就沒辦法重建艾瑞克了。我必須從每一個掉入黑洞的物質中篩選出艾瑞克。」

　　「你說的**重建**是什麼意思？」蘇珊問。

　　「黑洞會把粒子一個一個釋放出來。每釋放出一個粒子，下次就會釋放出更多粒子。隨著釋放的粒子越來越多，釋放速度也會越來越快。現在，我以十億年為單位，把時間快轉。等我一下，先讓我專心工作，我得把所有東西挑出來。」

　　三個人都不再說話，靜靜盯著宇宙之窗，希望卡斯摩能順利處理好。好長一段時間過去了，黑洞仍然和之前一樣，沒什麼變化。接下來，黑洞好像開始收縮，周圍的區塊也沒扭曲得那麼嚴重。一旦黑洞開始縮小，就越來越小、越來越小。這時候，多得數不清的粒子從黑洞釋放出來。

　　黑洞縮小的過程中，卡斯摩的運轉聲越來越大，上一分鐘，螢幕還很亮，下一分鐘，就開始閃爍變暗。突然間，電

腦嘎吱作響，鍵盤發出一個尖銳的警告聲。

「卡斯摩怎麼了？」喬志低聲問安妮和蘇珊。

「一定是運算工程太龐大了。就算是卡斯摩，處理這些天文數字還是很耗時間和體力的。」蘇珊擔心地猜測。

「你們覺得卡斯摩辦得到嗎？」安妮尖聲問道。

「我們一定要相信它。」蘇珊堅決地表示。

現在，黑洞只剩下乒乓球的大小。蘇珊大叫：「趕快把眼睛遮起來，不要看！」眼前的黑洞亮得刺眼，不等安妮和喬志反應，黑洞突然爆炸了，爆炸威力之大，好像整個宇宙都被炸掉了。就這樣，黑洞消失在大爆炸中。儘管三人都緊閉雙眼，仍然可以感受到爆炸發出的強光。

「卡斯摩，等一下！」安妮大叫。

卡斯摩發出一聲哀嚎，接著一道綠色強光從螢幕射出來，一縷白煙也從電腦內部的線路冒出來。「我——找——到——ㄅ」卡斯摩開口大叫，但話還沒說完就消音了。

強光瞬間消失。當喬志睜開眼睛時，宇宙之窗已經消失得無影無蹤，但宇宙之門出現了。那扇門突然敞開，爆炸時殘餘的閃光湧進瑞普老師的房間。門的正中央站著一個熟悉的人影，背後是太空某個安靜的角落，而黑洞已經不在了。

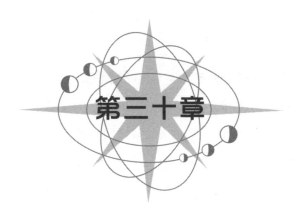

第三十章

艾瑞克脫下頭盔，甩甩頭髮，把頭上悶熱的濕氣甩開後，鬆了一口氣說：「現在好多了！可是，這是哪裡？發生什麼事了？」

艾瑞克環顧四周，一副黃色鏡片的眼鏡從鼻梁上滑下來。他困惑地看著這副眼鏡，自言自語：「這不是我的眼鏡！」

他轉身想從卡斯摩身上找答案，可是卡斯摩的螢幕一片空白，一縷黑煙從鍵盤裊裊升起。

「爹地！」安妮衝上前，緊緊抱住艾瑞克，開心大叫：

「你掉進黑洞了！是喬志把你救出來的。他好聰明喔。他發現你的黑洞筆記，可是他必須先找到卡斯摩，卡斯摩被壞人偷走了──」

「安妮，不要急，慢慢說！」艾瑞克一頭霧水，問道：「妳說我掉進黑洞裡、又出來了？簡直不可思議！如果真是這樣，那我關於黑洞的推論就沒錯了。落入黑洞的資訊**不會**永遠消失。我瞭解了！真是不可思議。假設我可以從──」

「艾瑞克！」蘇珊貿然打斷。

艾瑞克嚇了一跳。「喔，蘇珊，是妳啊！」艾瑞克臉上的表情好像做壞事被當場抓到一樣，有點心虛。「妳身上不會剛好有我另外一副眼鏡吧？我從黑洞出來時戴的這副好像是別人的。」

「這兩個小傢伙，到處張羅要救你。」蘇珊從手提袋找出一副艾瑞克平時戴的眼鏡遞給他。「為了你，他們蹺課偷

275

溜出來，喬志也錯過他很想參加的科學演講比賽。你好歹
也說聲謝謝，特別是喬志，所有的點子——包括葛拉漢的陰
謀、黑洞，以及整件事的來龍去脈，都是他思考出來的。還
有，別把這副眼鏡搞丟了！」

「安妮，謝謝妳。」艾瑞克輕拍安妮的頭，把眼鏡戴
上。當他習慣性地把眼鏡斜斜地架在鼻梁上，那個熟悉的艾
瑞克又回來了。

「還有，喬志，我也很謝謝你。多虧你了，你真勇敢、
真聰明。」

「別這麼說，這不全是我的功勞——卡斯摩也幫了大
忙。」喬志連頭都不敢抬，直盯著雙腳。

「不不不，沒有你，卡斯摩沒辦法把我救回來的。不然，我早就回來了。」

「是沒錯。」喬志的聲音有點沙啞。「卡斯摩還好嗎？」看來超級電腦的螢幕還是一片空白，一句話也沒說。

艾瑞克掙開安妮的擁抱，走向卡斯摩。「可憐的東西。」他拔下插頭，把卡斯摩收起來，夾在胳肢窩，宣布：「卡斯摩得好好休息一下。我最好馬上回家，寫下我最新的研究發現。我必須立刻讓其他科學家知道我發現了最神奇的──」

蘇珊用力乾咳一聲，瞪了艾瑞克一眼。

「怎麼了？」艾瑞克一臉不解地看著蘇珊，用嘴形問道。

「喬志！」蘇珊也用嘴形回答。

艾瑞克露出恍然大悟的表情，手往額頭一拍，大聲說：「喔，當然當然。」轉身對喬志說：「抱歉！喬志，我的意思是，我們應該先回學校，看看你是不是還來得及參加演講比賽。」艾瑞克看著蘇珊，問道：「是不是這樣？」蘇珊笑笑點頭。

「可是，我不確定……」喬志有所顧慮。

「我們可以開車去，走吧！」艾瑞克很堅決。說完，他

一個人逕自朝門口走去，連太空衣也忘了脫。大家一動也不動，沒人跟上來。

「現在又怎麼了？」艾瑞克揚起眉毛問道。

「爹地！你確定你要穿這樣去喬志的學校？」安妮一副嫌棄的表情。

「不會有人注意啦！」停了一會兒，艾瑞克接著說：「可是如果妳堅持……好吧……」他脫下一身笨重的太空衣，用手順了順頭髮。「對了，這是什麼地方？我認不出來。」

「這是葛拉漢的房子。他寫了一封信，把你騙到外太空，趁機把卡斯摩偷走，想讓你永遠困在外太空、回不來。」

「真的？」艾瑞克倒抽一口氣。「葛拉漢是故意的？他把卡斯摩偷走了？」

「我跟你說過了，他是永遠不會原諒你的。」

「唉，天啊，這真是個不幸的消息。」艾瑞克使勁脫下

太空靴，顯得很沮喪。

　　「艾瑞克，你和鬼普之間究竟發生了什麼事？為什麼他想害你被黑洞吸進去？還有，為什麼他永遠不會原諒你？」喬志大聲問。

　　「唉，喬志，這說來話長。你知道我和葛拉漢以前是同事？」艾瑞克從夾克內裡掏出皮夾，抽出一張破破爛爛的老照片。喬志看到兩個年輕人中間站著一個留白色長鬍鬚的老人。照片裡三個人笑得非常開心。兩個年輕人穿著黑色長袍，長袍的帽緣鑲有白色的毛料滾邊。右邊那個年輕人有一頭濃密的黑髮，厚重的眼鏡歪歪地架在鼻梁上。

　　「這個是你。」喬志指著照片裡右邊那個人。喬志仔細察看照片中另一個似曾相似的年輕人。「他看起來像鬼普！可是這個人看起來很友善，和他現在怪裡怪氣的樣子一點也不像。」

　　「葛拉漢曾是我最好的朋友。我們大學都念物理系，就是城裡那間大學。站在我們中間的是我們的指導老師，是個非常傑出的宇宙學家，還研發出『卡斯摩』的概念。葛拉漢和我則一塊負責製作卡斯摩的原型。我們想要有一台幫我們探索外太空的機器，好對宇宙有更多瞭解。剛開始，我和葛拉漢合作無間。」艾瑞克若有所思地望著遠方，繼續說：「可是一段時間後，他變得古怪又冷漠。後來，我終於明白他想要獨占卡斯摩，想利用卡斯摩開發外太空，藉此致富並獲得權力。這和我們創造卡斯摩的目的——增進全人類的益處，完全背道而馳。」艾瑞克補充：「喬志，你要明白，初期卡斯摩和現在非常不一樣。它以前是一台占了整個地下室的大電腦，功能卻只有現在的一半。總之，有天晚上，葛拉漢以為實驗室裡只剩他一人，卻被我發現他在利用卡斯摩進行可怕的勾當，我試著阻止他……，結果，發生了一件很可怕的事……。從此之後，我們的關係再也不比從前了。」

　　「到底發生了什麼可怕的事啊？」安妮問。

　　蘇珊點點頭，說：「寶貝女兒，妳就別再問妳爹地了。過去的事就說到這兒吧。」

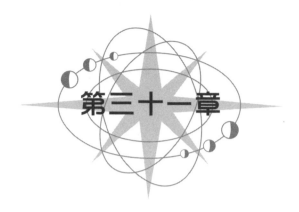

第三十一章

演講比賽的現場，台下聽眾漸漸失去興趣和耐心，紛紛
不安分起來。看著台上其他學校的代表，有的緊張兮兮，有
的正經八百，全都卯足全力要爭第一，台下的學生忍不住交
頭接耳取笑他們。然而，整個禮堂裡，沒有一個學生比評審
席上的瑞普老師更坐立難安了。

「瑞普，行行好，別再動來動去了！」主任老師低聲告誡瑞普。在這個大日子，評審席上都是其他學校的老師和主任，瑞普偏偏跟台下的小朋友一樣坐不住，不停動來動去。在主任老師的眼裡，瑞普的行為真令人討厭──到目前為止，他根本沒聽進去一個字，也懶得問問題，只是心不在焉地坐在那裡，不停檢查演講者的順序，伸長脖子往後張望。

「我去看看喬志的演講準備得怎麼樣了。」瑞普老師回頭小聲地告訴主任老師。

「**不必了！**」主任老師急促地說：「喬志不用你費心了。沒有你，他也會表現得很好。你可以試著表現出熱忱、認真一點嗎？你真是把學校的臉都丟光了。」

台上的學生講完了恐龍化石，對著台下滿臉倦容的評審老師，下了這樣的結論：「所以基於以上原因，我們可以知道，恐龍第一次在地球上行走是兩億三千萬年前的事。」學生下台一鞠躬後，老師們盡職地鼓掌。

主任老師站起來宣布：「現在，比賽來到最後一位參賽者了──本校的喬志·格林比！讓我

們以熱烈的掌聲歡迎喬志。他今天的題目是……」主任老師
停下來看了看他的名單。

「不不不，沒有錯。」瑞普老師急急忙忙站起來。「喬
志的題目是『如何操作卡斯摩——全世界最偉大的電腦』。
喬志加油！」瑞普一個人興高采烈地大喊大叫，其他人只是
你看我，我看你，靜靜地等待喬志出場。左等右等，喬志還
是不見人影，學生們想到演講比賽即將結束、再過一下就可
以放學回家，無不開始吱吱喳喳聊起天來了。

主任老師看著手錶，對其他評審老師說：「我再給喬

志兩分鐘的時間，到時候他要是還沒現身，就會喪失資格，我們直接頒獎。」其實，主任老師的心情也跟台下的同學一樣。他難得可以早點回家，在客廳翹起二郎腿，好好喝杯茶，吃塊蛋糕，不用對付學校那些麻煩的學生。

時間一分一秒過去了，喬志還是不見人影。正當主任老師跟其他評審致意，準備宣布比賽結束時，禮堂後方掀起一陣小小的騷動，一群人──兩個大人（其中一人腋下夾了一台電腦）、一個金髮小女孩、一個小男孩，浩浩蕩蕩地走進來。

小男孩衝到禮堂前方，上氣不接下氣地問：「老師，我還來得及比賽嗎？」

「當然了，喬志。」看到喬志終於出現，主任老師鬆了一口氣。「準備好就上台囉，加油！我們學校就靠你了！」

喬志爬上學校的大講台，站在正中間。「大家好。」喬志的聲音小得連蚊子都聽不見，不用說在場其他人了。台下的學生視若無睹，繼續在底下打打鬧鬧。「大家好。」喬志又試了一次。一度，他想到自己一個人呆呆地站在講台上，就緊張得不得了。可是他想起艾瑞克一路上給他的鼓勵，又變得有信心多了。他挺起胸，張開雙臂，精神抖擻地問安：「**午安，阿德霸西的同學，大家好！**」

頓時，整個禮堂鴉雀無聲。

「**我再說一遍，午安，阿德霸西的同學，大家好！**」喬志放聲大喊。

「**午安，喬志！**」同學齊聲回應。

「後面的人聽得到我的聲音嗎？」站在禮堂後方、倚著牆的艾瑞克豎起大拇指誇獎他。

「我的名字是喬志‧格林比。今天，我要演講的題目是：**勇闖宇宙的祕密鑰匙。**」

「不──！不是這個題目！」瑞普老師激動地從椅子上跳起來。「噓！」主任怒聲斥責。「我要走了！」瑞普老師忿忿不平地衝出禮堂。走到一半，他看到艾瑞克好端端地站在禮堂入口附近，笑著對他揮手，還不忘拍拍腋下的卡斯

摩。瑞普一臉慘白，溜回前面的評審席，一言不發地坐下。

喬志開始進入主題：「我很幸運能找到一把解開宇宙祕密的鑰匙。因為這把鑰匙，我可以去發掘宇宙中我們周遭發生的各種現象，因此我想藉這個機會，跟大家分享我學到的知識。這些知識不僅關係到我們從哪裡來，也關係到我們的地球、我們的太陽系、我們的銀河系、我們的宇宙是怎麼形成的。上述種種攸關我們的將來。究竟，我們該何去何從？我們應該怎麼做，才能在未來占有一席之地？」

「為什麼我會想跟大家分享這些知識？因為我覺得科學很重要。沒有科學，我們沒辦法瞭解任何事。這麼一來，要如何得到正確的知識、作出可靠的決定呢？有人覺得科學很無聊，有人覺得科學很危險。是的。如果我們對科學沒興趣，不好好學習，也不好好使用，科學**就會變得很無聊、很危險**。可是，一旦瞭解科學，科學就會變得很有趣，也會跟我們的日常生活以及地球的未來息息相關。」

現場一片安靜。大家都專注聆聽喬志的演講。

「好幾十億年前，外太空中瀰漫著氣體和塵埃組成的雲。起初，這些雲散落四處，過了很長很長一段時間後，重力使得這些雲開始縮小，變得越來越稠密……」

地球

◎ 地球是最靠近太陽的第 3 個行星。

◎ 地球與太陽的平均距離：1 億 4,960 萬公里

地球表面有70.8%由液態水所覆蓋，其餘的部分則分為7塊大陸：亞洲（占地球陸地面積的29.5%）、非洲（20.5%）、北美洲（16.5%）、南美洲（12%）、南極洲（9%）、歐洲（7%），以及澳洲（5%）。所謂的7塊大陸是由文化定義，因為亞洲和歐洲這兩塊大陸之間並沒有水分隔。從地理來看，實際上只有4塊沒有被水隔開的完整大陸：歐亞非（占陸地面積57%）、美洲（28.5%）、南極洲（9%）與澳洲（5%）。剩下的0.5%則是由島嶼組成，大部分島嶼分佈在中太平洋和南太平洋的大洋洲。

◎ 地球的一天是 24 小時，不過，地球自轉一圈事實上需要 23 小時 56 分鐘又 4 秒的時間。當中有 3 分 56 秒的差異。一年累積下來相當於地球自轉一圈的時間，也就是地球公轉一圈的同時也多自轉了一圈。

◎ 地球上的「一年」指的是地球繞太陽一圈所需的時間。日子一久可能會有些微的變化，但大致仍維持在365.25 天左右。

表面積：5 億 1,006 萬 5,600 平方公里

◎ 到目前為止，地球是宇宙內唯一已知有生命的星球。

赤道直徑：12,765公里

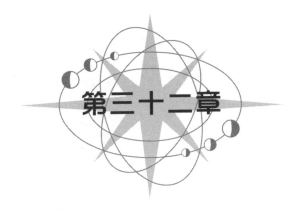

第三十二章

「**所以呢**？大家會想：『塵雲和我有什麼關係？我幹嘛要知道外太空在好幾十億年前發生的事？這件事重要嗎？』答案是，是的，這件事和我們有切身的關聯，因為那片塵雲是我們今天在這裡的原因。

「現在，我們知道星星是在外太空巨大的氣體雲中形成。其中有些星星會變成黑洞而結束生命。在這些黑洞消失在最後的大爆炸之前，它們會緩慢地、非常緩慢地把肚子裡面的東西放出來。

「有些星星在變成黑洞之前就爆炸了，把內部所有的物質送進了太空。構成我們人類的所有元素都是在很久以前就爆炸的星球內部所創造出來的。地球上的一切，包括人類、動物、植物、岩石、空氣和海洋，都是由星星內部製造的元素所組成。無論如何，我們都是星星的小孩。大自然花了億

萬年的時間才用這些元素造就了
我們。」喬志稍微停頓一下。

「如您所見，我們這顆行
星跟我們自己，都是經過了一
段難以想像的漫長時光才得以
形成。而在太陽系裡，沒有任
何地方能和我們的行星相比。
儘管太陽系有更大、讓人更印象

深刻的行星，可是都不能當我們的家。舉金星為例，金星很
熱，不適合人類居住。水星呢？水星的一天等於地球的五十
九天。想想連續五十九天都在上學，那一定很恐怖！」

　　喬志停頓一下，繼續描述太陽系的種種奧祕，在場聽眾
也跟隨他的演說，想像自己在外太空漫遊。最後，喬志來到
演講的重頭戲。

　　「我們的地球是如此的奧妙無窮，而它是我們的行
星。」他總結道：「我們屬於這裡，我們全都和它一樣是從
同一片星塵誕生的。我們真的需要好好照顧它。這些年來，
我老爸一直對我說同樣的話，但是我只看到他特立獨行、和
其他父母不同，讓我很尷尬。可是現在，我不會再覺得尷尬

了。他說得對，我們一定要停止糟蹋地球。他也說對了，我
們每個人都可以再多盡一份心力。為了保護獨一無二的美麗
地球，我以他為榮。但是，我們每一個人都必須身體力行，
不然地球就毀了。

「當然，我們也可以試著去找一個適合人類居住的行
星，不過這不是件容易的事。我們知道地球附近沒有這樣的
一個地方。如果有另一個地球（這不是不可能），或是跟地
球一樣的行星，也一定會很遙遠。在浩瀚的宇宙中尋找新行
星、新世界，讓人興奮，但這不表示我們不想回地球。我們
必須確定在一百年內，我們仍保有地球，還有個家可歸。

「大家可能會問，我怎麼知道這一切？我還想分享一件
事：大家不需要像我一樣去找一把真正的鑰匙，來解開宇宙
的祕密並幫助地球。有一把鑰匙，每個人都可以用，只要我
們肯學著怎麼去用。這把鑰匙就叫『物理學』，它可以幫你
瞭解周遭的世界。我的演講到此結束。謝謝大家！」

現場爆出如雷的掌聲。同學都站起來給喬志最熱烈的歡
呼。主任老師擦掉眼角的淚，跳到講台上拍拍喬志的背，恭
喜他：「喬志，你講得真是太好了！太棒了！」他激動地握
住喬志的手，用力搖晃，向他道賀。看到大家反應熱烈，喬

志不禁害羞起來，臉都紅了。

　　台下的瑞普也哭了，不過不是像主任一樣感到驕傲或喜極而泣，而是為了別的原因。「可惡！卡斯摩都到手了，又被搶回去！」瑞普咬牙切齒，迸出這幾句話。

　　喬志下台，主任老師簡短和其他評審老師討論過後，借來體育老師的哨子，吹了幾聲尖銳的哨音，禮堂終於安靜下來。主任老師清清嗓子，說道：「我在這裡宣布，幾乎所有評審一致通過，今年校際科學演講比賽冠軍由**喬志・格林比**獲得！」頓時，禮堂內響起一片歡呼聲。

　　唯一沒同意的評審就是瑞普。主任和其他評審老師討論時，他駝著背，一個人坐在位子上嘀嘀咕咕，心不甘情不願地瞪著喬志，完全沒加入討論。

主任老師繼續說：「喬志為我們帶來一場精彩的演說。我很高興把第一名的獎品，一台由贊助人提供的大電腦，頒給喬志。」一位評審老師從桌下搬出一個大紙箱遞給喬志。

「謝謝老師！謝謝老師！」喬志不斷道謝，面對大家的反應和眼前這台大電腦，有點不知所措。他雙手抱著獎品，搖搖晃晃穿過中央走道，往出口走去。喬志經過觀眾席時，大家都報以微笑，除了最後一排的男生。他們雙手抱胸，眼睛不懷好意地瞪著喬志。喬志經過芮國身旁時，芮國還低聲冷嘲熱諷：「呦，我們還沒聽夠呢。」喬志不理會他，快步往前走，來到艾瑞克、安妮、蘇珊面前。

「你辦到了，喬志！我真為你感到驕傲！」艾瑞克恭喜喬志，想給抱著大紙箱的喬志一個擁抱。

「喬志！你好棒。我從沒想過你在講台上會表現得那麼好，還有，你的科學知識真是豐富。」安妮害羞地說。

「我有講錯嗎？我是說，當我說『好幾十億』的時候，是不是該說『好幾千萬』，還有我提到木星時，是不是該說——」喬志擔心地問安妮。艾瑞克趁機接過電腦。

「沒問題的，你說的一點也沒錯。喬志都說對了，對不對？爹地？」

艾瑞克點點頭，笑著對喬志說：「尤其是最後那部分。你說得很好，真的很好，又拿到第一名。你一定很高興！」

「是啊，我是很高興，可是我爸媽怎麼辦？他們看到我帶一台電腦回家，一定會**非常**生氣的。」

「還是，他們會感到非常驕傲？」

喬志回頭看這聲音打哪來，沒想到老爸竟然就站在蘇珊旁邊。喬志嚇得連下巴都快掉下來了。「老爸？你一直在這裡嗎？你聽到我的演講了？」

「我聽到了。你今天早上不太對勁，你媽不放心，特地要我接你回家。我到的時候剛好聽到你的演講。我很高興聽了你的演講。兒子，你說得對，我們不該懼怕科學，而是應該敞開心胸接受科學，利用科學拯救地球。」

「你的意思是我可以把電腦留下？」喬志簡直不敢相信自己的耳朵。

喬志老爸笑著點頭。「電腦是你辛辛苦苦得來的，當然可以留下。不過你要記住，一天只能用一個小時，我那台自製的發電機可撐不了太久。」

講著講著，他們背後掀起一陣騷動，瑞普粗魯地把他們推開，氣沖沖地離開。緊跟在後的是芮國的狐群狗黨，他們臉色也好看不到哪去。

喬志看著瑞普一群人離開，轉身問艾瑞克：「你難道不想教訓或是處罰鬼普？」

「嗯，不了。我想葛拉漢已經嚐到教訓。就隨他去吧。我想，我們以後不會再有交集了。」艾瑞克落寞地回答。

「可是……可是……，我還有一個地方想不通。鬼普究竟是怎麼找到你的？我的意思是說，你有可能在世界上任何一個角落，他怎麼知道在這裡可以等到你？」

「你家隔壁的房子是我大學指導老師的家，就是照片中留著大鬍子的那個老阿伯。」

「可是他消失了呀！」

「只是暫時不見。前陣子，我收到一封他寫來的信，說他要出遠門，不知道哪時候才會回來，也不知道會不會回來。他擔心我工作上需要用到卡斯摩，便要我接收他的房子。他萬萬沒想到葛拉漢這幾年都在伺機而動。」

「你的老師跑去哪裡了？」

「他去──」艾瑞克正要開啟另一個話題時，蘇珊語氣堅定地打岔：「走，我們回家喝茶！」

「需要我載你回家嗎？」蘇珊問喬志老爸。

「喔，不用了。我可以騎腳踏車回家。我相信我們可以把電腦放在龍頭上，安全地運回家。」

「老爸！幫幫忙，我們可能會把電腦摔壞。」

「我不介意載喬志一程。會有點擠，不過我的迷你小車可以把你們全部塞進去。」

一群人回到喬志家，享受了一頓美味的蔬菜燭光晚餐（餐桌上的蔬菜當然是喬志爸媽在自家後院親自栽種的）。喬志老爸和艾瑞克興高采烈地討論人類的未來——到底該找一個新行星讓人類移民，還是正視暖化問題，好好拯救地球。趁兩人討論得正熱烈，蘇珊幫喬志裝好電腦。安妮則跑到後院餵肥弟去了。她看到豬圈裡的肥弟一副寂寞樣，便坐下來和牠聊天。回到屋內，又整晚繞著喬志老媽跳舞，表演她學過的所有芭蕾舞步，嘰嘰喳喳講著她那些天馬行空的故事。喬志老媽興趣盎然地聽著，假裝這些故事都是真的。

臨走前，艾瑞克保證邀請環保人士到科學家的聚會闡述理念，並和大家相約一起去看《胡桃鉗》舞劇。喬志上樓回到自己的房間。他累壞了，但換上睡衣，他不急著拉上窗簾入睡。他想躺在被窩裡，好好欣賞窗外的夜空。

　　當晚夜空很美。滿天的小星星，閃閃發光。看著看著，一顆流星劃過漆黑的天空，長長的尾巴燃燒出亮眼的光芒，好幾秒之後才消失在天際。

　　喬志睡前心想，**或許那顆流星來自他們那顆彗星的尾巴。彗星經過太陽時，溫度升高，冰也融化了……**

知識叢書 1025

勇闖宇宙首部曲——卡斯摩的祕密
George's Secret Key to the Universe

作者	露西・霍金（Lucy Hawking）、史蒂芬・霍金（Stephen Hawking）
插畫	蓋瑞・帕爾森（Garry Parsons）
譯者	張虹麗
專業知識審訂	金升光
主編	陳俊斌
編輯	潘乃慧
美術編輯	張瑜卿
執行企畫	曾秉常
董事長	趙政岷
出版者	時報文化出版企業股份有限公司
	108019台北市和平西路三段二四○號一至七樓
發行專線	(02) 2306-6842
讀者服務專線	0800-231-705・(02) 2304-7103
讀者服務傳真	(02) 2304-6858
郵撥	19344724 時報文化出版公司
信箱	10899台北華江橋郵局第九十九信箱
時報悅讀網	http://www.readingtimes.com.tw
電子郵件信箱	history@readingtimes.com.tw
法律顧問	理律法律事務所　陳長文律師、李念祖律師
印刷	勁達印刷有限公司
初版一刷	2008年5月19日
初版十五刷	2021年10月28日
定價	350元

(缺頁或破損的書，請寄回更換)

時報文化出版公司成立於一九七五年，
並於一九九九年股票上櫃公開發行，於二○○八年脫離中時集團非屬旺中，
以「尊重智慧與創意的文化事業」為信念。

ISBN: 978-957-13-4840-7
Printed in Taiwan

勇闖宇宙首部曲——卡斯摩的祕密／露西・霍
金(Lucy Hawking)、史蒂芬・霍金(Stephen
Hawking)著；張虹麗譯. -- 初版. -- 臺北
市：時報文化，2008.05
　　面；　公分 . -- (知識叢書；KA1025)
譯自：George's Secret Key to the Universe
ISBN 978-957-13-4840-7 (平裝)

873.6　　　　　　　　　　　　97007488